DITHA BRICKWELL • SIEBEN LEBEN

DITHA BRICKWELL

Sieben Leben

Geschichten von Frauen und vom Glück im Unglück

DRAVA

Die Herausgabe dieses Buches erfolgt mit freundlicher Unterstützung der Stadt Wien.

Stadt
Wien

Drava

DRAVA VERLAG • ZALOŽBA DRAVA GMBH
9020 Klagenfurt/Celovec, 8.-Mai-Straße 12
Telefon +43(0)463 50 10 99
office@drava.at
www.drava.at

Umschlaggestaltung: Michael Baiculescu
Titelbild: Eva-Maira Geisler, Stilleben mit Zylinderhut, Buntstifzeichnung
Lektorat: Verena von Hattingberg

ISBN 978-3-99138-081-8

Inhalt

Etta überlebt *7*
Eva-Maria: Der Schrecken im Garten *37*
Isolde in der Stille *55*
Eveline: Das Fremde so nah zu mir *86*
Angelika: Im Augenblick die Aufgabe *106*
Mariana, die Verletzte *127*
Requiem für Ottilie Thiel *146*

Etta überlebt

1942: Der Herbst kam, da wurde Etta dienstverpflichtet – ins Goerzwerk am Berliner Teltowkanal, das Linsen für Kriegsgeräte und Kameras herstellte. »Schau Mutti«, erklärte Etta nach dem ersten Arbeitstag, »die Arbeit ist nicht schwer; ich bin an der Drehbank, das ist Präzisionsarbeit – kriegswichtig. Heutzutage ist das der beste Verteidigungswall gegen die Gestapo. Und ich kann sagen, ich ernähre die Kriegsmaschinerie mit kleinen Schrauben, und zugleich euch. Und dann sind da Leute mit interessanten Ansichten, nicht viel anders als die von Gerd und meinen Palästina-Freunden. Die Vorarbeiter und Aufsichtsfrauen sind meist Sozialisten oder Kommunisten, Nazis kaum; wir stehen gemeinsam vor der gleichen Bedrohungsbarriere. Daher spannende Gespräche am Rande. Bin süchtig nach solchem Reden, seit wir mit Nichtjüdischen keinen Umgang mehr haben dürfen. Und dann ist das Goerz-Werk so nah. Im Nachbardorf sozusagen. Mit dem Rad wären es nur zehn Minuten, aber zu Fuß ist es auch zu bewältigen, jetzt wo mir das Radfahren verboten ist.« Etta glühte vor Interesse. Und Irmgard erriet, dies hatte mit Wilhelm zu tun; die Gespräche im Goerz-Werk brachten sie ihm näher. Denn Irmgard wusste von Ettas Zuneigung zu Wilhelm Klatt, einem, der die Welt zum Guten drehen wollte und deshalb der Spionage verdächtig in Plötzensee gefangen gehalten wurde. Der Gefängnispfarrer Harald Poelchau hatte ihr von ihm erzählt, und Irmgard wusste, diesmal würde Etta ihre Liebe noch mehr vor dem Vater schützen. Harald Poelchau hielt den Nachrichtenfluss in Gang… Harald, der regelmäßig zu den Gebetsstunden in Lichterfelde kam; in der Schillerstraße trafen sie sich heimlich, die aufrechten

Protestanten, auch ihre Mutter Irmgard und Marie-Luise, ihre Freundin. »Wenn du auf einer Insel lebst, brauchst du den Blick aufs Meer«, sagte Irmgard: Das waren für sie die Gebete und die Rückversicherung bei ihren Glaubensgenossinnen. Etta hatte den Sozialismus als Horizont…

Und Etta erzählt: »Deshalb war ich einer meiner Arbeitskolleginnen besonders zugetan. An Blicken und Lachen und Betonungen erkennt man sich – und pflegt das Einverständnis weiter – ohne Worte. Diese meine Arbeitsfreundin Gudrun lud mich in ihre Laube ein – nicht weit vom Werk am Kanal – wir feierten, tranken und aßen… fühlten Gemeinschaft, Schutz und Trotz… Als wir ein Feuer angezündet hatten, und alle sich wärmten und Kartoffel an Spießen in die Flammen hielten, führte der Freund der Gudrun mich ins Dunkle, tippte mir auf die Brust, wo mein Judenstern angenäht war und sagte: ›Mädchen du musst weg. Die bereiten große Kinderlandverschickungen vor – alles in den Osten für den Aufbau einer neuen Welt. Ich weiß das von einem aus der Eisenbahnzunft – die meisten von denen sind da voll dabei: Juden verpacken und verbannen. ›Aber ich bin kriegswichtig!‹ ›Die finden andere an deiner Stelle, glaub mir. Haben genug Länder und deren Leute in der Hand.‹ ›Wie soll ich das machen? fortgehen, einfach so…‹ ›Hör zu, ich werde mich erkundigen.‹ Und wir vereinbarten ein heimliches Treffen, zwei Tage später, am Treidelpfad des Teltowkanals; zwischen Lauben und Fabriken irgendwo würde er sitzen und fischen, ich würde ihn leicht finden, sozusagen zufällig… ›Sie haben eine Menge junger Holländerinnen als Arbeiterinnen verpflichtet‹, erzählte er mir, warf die Angel aus und sah nicht auf, ›die fahren massenhaft rund um Ostern auf Heimaturlaub – eine davon ist mit meinem Genossen befreundet, die setzt dich auf die Gruppenliste und du fährst mit Sammelkarte.‹ ›Es müssen zwei Namen auf die Liste, auch der meiner Schwester Ruth.‹ ›Die ist doch lungenkrank, erzählte mir Gudrun, also nicht verwendungsfähig für den Aufbau im Osten, also besser geschützt als du.‹ ›Ohne Ruth fahre ich nicht.‹ ›Viel zu gefährlich, wenn sie unterwegs Blut spuckt.‹ ›Ach was, jeder wird denken, ein armes Mädchen, das um jeden Preis Geld verdienen will. Aber in Holland… Wie weiter?‹ ›Ihr geht zu Fuß über die Grenze, ich erkläre euch wie, und in Belgien habe ich eine zuverlässige Adresse. Mit diesem Kontakt wirst du irgendwie über die Grenze nach Frankreich kommen. Hauptsache du hast Geduld, gute Nerven, Geld und Schmuck dabei…«

Am Abend, als im Haus alles ruhig geworden war, bat Etta ihren Vater um Geld für die Reise. Heinrich Veit Simon schüttelte den Kopf. Immer wieder. Dann sagte er in seinem missbilligenden Ton, leise und scharf: »Was soll das, warum diese Gefahr und diese Kosten auf sich nehmen?« »Aber mein Leben wird immer beschränkter. Kein Busfahren erlaubt. Kein Ausgehen am Abend, keine Büchereien besuchen. Judenstern tragen. Freundschaften mit Nichtjuden verboten, Reisen verboten. Schreibmaschine, Fahrrad, Pelzmantel beschlagnahmt – was soll noch alles passieren…« »Du bist hier doppelt sicher. Als Arbeiterin in einem Rüstungsbetrieb und als Geltungsjüdin ob deiner christlichen Mutter!« »Mein Bekannter sagt, es wird immer schlimmer; sie verschicken täglich mehr. Und irgendwann trifft es uns alle. Und niemand weiß genau, was im Osten geschieht. Und zu helfen wird rasant schwerer, mehr und mehr Juden fragen an, immer weniger Genossen trauen sich was zu tun, und bald weiß es die Gestapo.« »Aus dieser dramatischen Darstellung spricht die Radikalität sozialistischer Gesinnung«, meinte Heinrich trocken. »Wir werden fahren. Denn die Schlupflöcher werden zu oft benutzt und irgendwann verraten. Wir müssen es wagen. Und wir machen es, egal ob du uns hilfst oder nicht«, sagte Etta laut. Und Heinrich wusste, sie würde unerschütterlich sein; und er streichelte nervös die Perserkatze, die sich schmeichelnd an seinen Beinen rieb, um für ihn Partei zu ergreifen… Als wäre sie sein letztes, schönstes Hauswesen. Etta sah in des Vaters angestrengtes Gesicht, der neue Argumente sammelte: »Du machst dir keinen Begriff, wie schwer es für euch würde, unterwegs durchzukommen.« »Wir sind in einer Gruppe von echten Holländerinnen mit Gruppenfahrschein – da wird nicht einzeln kontrolliert.« »Ihr habt keine herzeigbaren Papiere für die nächste Grenze.« »Wir finden hinüber, zur Not mithilfe von Schleusern.« »Die viel Geld wollen oder Spitzel sind oder beides. Selbst wenn ihr unbehelligt nach Belgien gelangt – an der französisch-belgischen Grenze ist man aufmerksamer als hier in der Höhle des Feindes…« »Wir gehen über die Ardennen. Da gibt es heimliche Wege, und solidarische Leute«, sprach Etta, als ob sie schon die Pfade ausgekundschaftet hätte… »Und ihr müsst Frankreich durchqueren, bis Marseille.« »Auch da bleiben wir im Ländlichen.« »Dieser Teil Frankreichs kollaboriert freudig mit den Nazis. Gerade auf dem Land – wo ihr sofort auffällt, weil sich alle sonst kennen.« »Aber ich habe Adressen, eine Kette von Widerstandsgruppen, die uns weiterschleusen.« »Sagen wir, ihr kommt bis Marseille… Was dann?« »Dort gibt es den Konsularbeamten Varian Fry, der hilft vielen. Gibt Visa für die USA aus…« Heinrich schwieg lange; wollte nicht weiter die Geografie bis Lissabon deklinieren. Er starrte vor sich hin – wahrscheinlich beschaute er seine innere Liste der Möglichkeiten. »Es gibt keine andere Lösung«, sagte Etta leise. »Lieber unterwegs in aufrechter Haltung zugrunde gehen, als wie ein Stückgut abtransportiert zu werden.« »Also gut, ich werde dir helfen«, sagte er schließlich, »aber lass Ruth hier, sie hat ja diese Bescheinigung…« »Sie wird nicht gesünder«, fiel ihm Etta ins Wort, »und wir passen aufeinander auf.« Und Heinrich antwortete, »Ruths Bemühung in die USA zu kommen, ist gescheitert. Was für ein Omen.« »Wir haben eine Chance 50 zu 50, mehr nicht, das wissen wir, das ist immer noch besser als hier.« Da stand Heinrich auf, humpelte eilig aus dem Zimmer. Es wurde in den folgenden Tagen nicht mehr darüber geredet. Die Ungewissheit spannte sich durch die Wohnung, fiel über alle vertrauten Dinge her, lauerte im Gesicht der Tür und in der Geste des Apfelbaumes. Nur die Katze gab sich unbeteiligt.

Ettas Kraft war die Entschlossenheit. Das Nichtstunkönnen ihr Fieberbett. Zwei Sonntage später kam Etta wieder in die Laube und brachte Ruth mit. Und Etta erzählt: »Der Freund der Gudrun führte mich durch die Kolonie in eine dunkle Fliederbuschecke und übergab mir Landkarte, Skizzen und eine Adresse. ›Mein Vater wird deine Mühe bezahlen‹, erklärte ich feierlich. ›Muss er ja auch, weil wir das brauchen. Für die Genossen im Untergrund.‹ Ja, mein aufrechter jüdisch-bürgerlich-konservativer Vater musste am Ende aus seinen versteckten Notgroschen den kommunistischen Untergrund mitfinanzieren! Mir gefiel diese doppelte Wirkung, Versteckte füttern und Rettungsreise zahlen. Es war warm und feucht, und der Duft der Gärten um uns herum, und sein Gesicht so nah. Er sagte: ›Noch etwas: Gudrun wurde unruhig, hat mitgekriegt, dass wir uns heimlich treffen. Also, um sie zu beruhigen, habe ich ihr gesagt, ›keine Sorge Etta wird bald weg sein.‹ Da war mir mit einem Schlag bewusst, dass ich dabei war, mich in ihn zu verlieben – er so gradlinig in seinen Idealen wie Willi – und er hatte die Gelassenheit eines Dreißigjährigen, der seiner Erfahrung vertraut.«

Außer mit Ruth sprach Etta mit niemandem in der Familie und mit niemandem in der Fabrik über die geplante Flucht. Stellte ihr Alltagsgesicht zur Schau. Aber Irmgard spürte die Spannung des Wartens trotzdem – und gab Etta all ihren Schmuck. Etta nähte kleine Säckchen. In der Karwoche machten sich Etta und Ruth auf, als Holländerinnen in den Osterurlaub zu fahren... Sie waren freiwillig gekommen und nahmen freiwillig ihren Urlaub. Und das erzählte Etta mir von der Zeit vor der Flucht: »Schon seit Gudruns Freund mir gesagt hatte, dass er ihr mein baldiges Verschwinden angedeutet hatte, wusste ich: Die Gudrun wird sich Sorgen machen, seine Zuneigung für mich erraten... und diese Unsicherheit über seine Treue wird sie sicher mit einer Freundin besprechen... Ich spürte die Gefahr von allen Seiten; aber ich sah auch den Fluchtweg vor mir – beschäftigte mich die meiste Zeit damit – als Geduldstraining – wie ich die Skizze im Kopf und Ruth an der Hand über die belgisch-holländische Grenze käme, in Lüttich zu der Adresse ginge, wie wir irgendwie und in Etappen in Frankreich, im Süden, in Marseille ankämen, im amerikanischen Konsulat Schlange stünden, auf Varian Fry hofften... illegal über die Pyrenäen gingen, weil irgendein Visum nicht rechtzeitig – und quer durch Spanien – und am Ende in Lissabon – und wie dort das letzte Schmuckstück, Mutters Diamanten Diadem uns beiden die Schiffspassage kauft... Am Gründonnerstag waren wir früh unterwegs, bevor alle aufstehen würden, weil in der Morgenschlaffheit kämen die Schocks langsamer an – und unser Fehlen würde sie weniger erschrecken...«

Irmgard hörte sie nach eiliger Morgen-Routine hinausschleichen und blieb ruhig. Der erste Tag ist leicht, dachte sie; so bald werden sie keine Nachricht schicken. Das schmerzhafte Warten kommt noch. Doch plötzlich stand Ruth in der Tür. Sie hätten Etta verhaftet, sie habe es rechtzeitig gesehen, konnte noch davongehen, sich von einem Menschenstrom weg vom Bahnhof mitnehmen lassen...‹ Heinrich war aufgestanden, ging wortlos im Herrenzimmer auf und ab ... Und dann waren sie da, mitten im Wohnzimmer und nahmen ihn fest. Wegen Devisenvergehen sagten sie. Ruth mit ihrer Mutter allein, versuchte sie zu beruhigen, aber der Husten war stärker. Zerriss ihr das Lächeln auf dem Gesicht. Sie würden ihn wieder freilassen, wie beim ersten Mal, hoffte Irmgard, sie hätten ja nichts gegen ihn in der Hand. Sie seien doch ordentlich in ihrer Raserei. Oder würde Gott Schlimmes zulassen? 26 Tage später erhielt sie eine Bleistiftnotiz ohne Datum: ›Bestellung an Frau Irmgard Simon, geb. Gabriel, Bln-Lichterfelde, Hindenburgdamm 11 als Mtr wohnhaft, dass ihr Ehemann Heinrich Israel Simon im Polizeigefängnis verstorben ist. Leiche befindet sich im Leichenschauhaus.‹ Als sie ihn auf dem Friedhof in der Schönhauser Allee begruben, riet man Irmgard, den Sarg nicht zu öffnen. Sie wollte ihren Mann sehen. Sein Gesicht war nicht zu erkennen...

In der Zeit als Heinrich starb, erlebte die Welt eine Wende. Das Unternehmen Barbarossa gegen die Sowjetunion hatte die Armeen hohe Verluste erleiden lassen und die Serie von Blitzkrieg-Siegen unterbrochen; Hitler hatte die Stärke der Sowjetunion unterschätzt und zu falschen Angriffsstrategien gegriffen; die Winteroffensive überraschte die Wehrmacht. Die Kämpfe gegen die Briten um Tobruk und El Alamein waren verlustreich. Nach der Verlegung der Rüstungsproduktion jenseits des Urals und nach der Kriegserklärung Hitlers an die USA wuchs die militärische Übermacht der Alliierten; der Untergang des Hitler-Reiches war nur noch eine Frage der Zeit. Wurde die Weltlage Irmgard und Ruth bewusst? Konnte das Versagen des feindlichen Regimes überhaupt ein Trost für sie sein? Und wo war Etta?

Etta erzählt: »Sie hatten mich ins Polizeigefängnis am Alex gebracht. Ein Gestapo-Mann mit grimmiger Miene fragte, einer mit Froschmaul und porzellanblauen Augen starrte mich an. Der Grimmige ging oft hinaus; ich vermutete, dass seine harsche Stimme seine Blase weckte… die Herrschaft der Blase… Während ich mir vorstellte, wie sie ihn zwickte, blieb ich ruhig, verstand seine Gemeinheiten nicht, weil ich im Zwiegespräch mit seiner Blase war. Als ob ich was bewirkt hätte, ging er wieder hinaus. Der Frosch indessen schürzte die wulstige Lippen und starrte mit hervorquellenden Augen zu mir herüber. Er hätte in eine Judenkarikatur gepasst, trug aber SS-Uniform… Wie sah er mich – mein rundes Puddinggesicht, meine braunen Haare in weichen Locken, mein Lachen über ihn auf dem Sprung (es lauerte schon in den Augwinkeln). Bei so viel Körperstudie in der Stille auf dem harten Hocker meldete sich mein Magen mit einem Hungerschlag, krampfte, zog die Wände ein. Mein Hirn meldete die Eier. Zwei hart gekochte Eier lungerten in meiner Jackentasche, weil sie in der Proviantschachtel im Koffer keinen Platz mehr gefunden hatten. Deshalb waren sie bei mir geblieben. Und ich dachte, die wollen jetzt gegessen werden. Solange ich mit dem SS-Frosch allein bin. Wer weiß wann – und ob ich je wieder etwas essen werde. Wenn bald alles zu Ende ist, dann wenigstens vorher noch etwas essen. Wie aber das hartgekochte Ei knacken, an der Holzkante des Hockers? Da könnte man sagen: Sachverletzung am Polizeieigentum. Los Etta! Letzte Mahlzeit, alles egal! Ich zog ein Ei aus der Tasche und knallte es gegen meine Stirn. Der Frosch sah aufgescheucht her, als hätte ich mich soeben erschossen… Ich schälte schnell das Ei, steckte die Schalen in die Tasche und aß das Ei mit zwei Bissen. Er schaute mir zu, fast mit einem Grinsen. Und ich aß das zweite Ei. War rechtzeitig gestärkt, bevor de Grimmige zurück war. Der kam und wollte weiter fragen. Da sagte der Frosch trocken: Die gehört mir.

Sie steckten mich in eine Gemeinschaftszelle. Dort starrten mich alle an: Mädchen mit grellen Gesichtern, mit rot prunkenden Mündern, schwarz umrandeten, aufgeschminkten Augen, in engen Kleidern; unter ihnen auch zwei oder drei verwahrloste, wahrscheinlich obdachlose, Frauen oder Kleinkriminelle, mit dünnen Haaren, durch die Haut schimmerte, mit graugelblichen, verwaschenen Kleidern. Oh! Und die Sinfonie der Ausdünstungen! von Schweiß, Desinfektion, Billigparfum, Nikotin, kranker-Magen-faule-Zähne-Welle und Alkohol. Die Gerüche so vielfältig, dass sie gegeneinander fuhren und sich gegenseitig schwächten. Meine Nase vor Entrüstung richtungslos. Aber alle Augen sahen zu mir her. Ich fing an zu lachen. Es war einfach der Befreiungsschlag; ich hätte auch weinen können, das hätte mich hilflos aussehen lassen, aber das Lachen nahm die anderen mit, die eine grinste und dann die andere… Na und nu, Mädels? fragte ich, was machen wir jetzt? Diese Kumpelei, die ich in meinen zionistischen Gruppen lange geübt hatte, kam gut an. Die eine rief etwas und die andere und binnen kurzem redeten wir. Alle durcheinander. Bis ich den Erzählfaden erobert hatte. Ich fühlte die Zustimmung, ja Begeisterung meines Publikums. Die Mädels waren neugierig, wie es so zuginge in einem reichen Haus mit Bediensteten, aber dargestellt auf der Kumpelebene… auf ihrer Augenhöhe. Dank meiner Freunde Willi und Gerd hatte ich die sozialistische Perspektive im Sinn und Volksmunterkeit in der Stimme; das machte die Mädchen zutraulich; und ich war ja auch neugierig, wie das so ist, ein Mädchen der Männerfreuden zu sein… und ich fragte sie aus, und sie erzählten. Ich lernte viel über ihre Wünsche und Ängste. Es war ein Theater – sehr unterhaltend – ich machte mich lustig über den Judenhass – und über die Juden gleich mit, die sich selbst durchschauten. Die Mädchen schilderten die Typen auf der Straße und auf den Polizeistationen, und was sonst noch herumstand in der Galerie ihrer Bedrängnis. Und ich stellte die bürgerlichen Typen dar: nutzlose Schwachköpfe, überehrgeizige Freiberufler, Juden, Protestanten und Kapitalisten. Auch die Idealisten machte ich herunter. Die Zionisten ganz besonders. Jeden Tag erfand ich neue Geschichten. Ich wollte unterhalten, es den Mitgefangenen leichter machen. Und es stärkte mich. Dass ich bei Sinnen und angstfrei bliebe. Du musst dir das so vorstellen: Die Zelle war für vier oder sechs Insassinnen gebaut – aber wir waren 20. Wir mussten in Schichten sitzen, stehen, liegen. Das dirigierte die Stubenälteste. Eine rotierende Aufgabe – die traf auch einmal mich. Wir waren sehr demokratisch; in unserer Niedergedrücktheit gerecht… und solidarisch. Da entdeckte eine Polizistin, dass ich ein Parfumfläschchen hatte – und Glas war verboten, weil ein potenzielles Selbstmordinstrument. Denn man wollte uns vor uns schützen. Also streckte sie die Hand aus, um das Fläschchen zu konfiszieren; aber ich war schneller, öffnete es und goss den Inhalt über meinen und ein paar andere Köpfe. ›Das ist ein Gefängnis und kein Bordell‹, schrie sie außer sich vor Enttäuschung über den entgangenen Schatz. Wir dufteten allesamt mehrere Tage. Und es gab weniger zu essen als sonst. Immer wieder ließ mich der Frosch zum Verhör kommen. ›Wir haben deine Schwester verhaftet‹, sagt er einmal, und ich schrie sofort: ›Das geht gar nicht, hier stirbt sie binnen 24 Stunden. Und vorher steckt sie euch alle an.‹ ›Ich weiß‹, sagt er trocken, ›deshalb habe ich sie ins Jüdische Krankenhaus als Polizeigefangene eingewiesen.‹

Vier Wochen war ich in der Gemeinschaftszelle. Auch jüdische Gefangene entdeckte ich, weil sie am Freitagabend leise winselnd den Sabbat begrüßten. ›Wartet‹, sagte ich, ›die Gebete kann ich auswendig. Hab sie für die Reise nach Palästina gelernt‹, und ich begann laut zu singen. Alle waren still. Besonders die Huren hörten gespannt zu.

Eines Tages erklärte mir der Frosch im Verhörraum: ›Dein Vater ist tot, das erleichtert uns vieles. Denn du warst schon auf der Transportliste nach Riga. Ich habe dich heruntergenommen. Mit Recht. Du und deine Schwester seid Geltungsjuden, und ihr habt jetzt eure Mutter als protestantischen Haushaltsvorstand. Und Ruth ist privilegiert für Theresienstadt, das jüdische Ghetto. Und du darfst die Krankenschwester für die Schwester spielen!‹ Er grinste verschmitzt. Beschaute mein protestantisches Gesicht. Ich musste nicht mehr zurück in die Gemeinschaftszelle, erhielt meinen Koffer. Der Frosch fuhr mich persönlich zur Sammelstelle in der Großen Hamburger Straße. Unterwegs fragte ich ihn, was er vom jüdischen Humor halte… Er kenne keine jüdischen Witze. Also erzählte ich ihm meine Lieblingsgeschichten, und wir fingen beide zu lachen an, bis uns die Tränen kamen; wir erreichten die Sammelstelle vom Lachen durchgeschüttelt. Ich sagte zu ihm: ›Sie müssen mir jetzt den Koffer tragen, sonst sieht es nicht proper aus.‹ Und er schleppte meinen Koffer ins Haus, der Frosch. Ruth war schon da. Blass und ruhig. ›Sie haben mich verhaftet, medizinisch behandelt, und hierhergebracht‹, erzählte sie sofort, ›bin jetzt wie du in Wartestellung. Man sagte mir, du würdest kommen und mich begleiten dürfen.‹ ›Das ist alles ganz verkehrt, weil…‹ ›Nein‹, unterbrach mich Ruth sofort, ›es ist richtig: Wie soll sich Mutti um mich kümmern, mit dem großen Haus am Hals und ihren anderen Aufgaben, so viele offene Fragen hat ihr Vati hinterlassen, so viele Kümmernisse um andere hat sie, und mein Anblick macht sie noch trauriger, meine Anfälle lassen sie erschöpft zurück. Also ab ins Altersghetto Theresienstadt. Dazu brauche ich Hilfe – deshalb kommst du als meine Pflegerin mit auf Transport. In Theresienstadt soll es weniger schrecklich sein als anderswo. Und sie brauchen uns junge Leute zur Verbesserung der Stimmung. Und bis dahin habe ich es hier gut.‹ ›Aber sie haben nicht einmal genug Betten!‹ wandte ich ein, ›ich schlafe auf einem Liegestuhl‹. ›Ja. Mir haben sie auch schon einen zugewiesen. Die kann man leicht transportieren. Nach draußen tragen. Lungenkranke brauchen frische Luft – und überhaupt liege ich gerne mit aufgerichteten Oberkörper. Hilft beim Atmen…‹ Und so war es: Wir erhielten eine Sondergenehmigung und trugen unsere Liegestühle hinaus, stiegen über die niedrige Mauer in den jüdischen Friedhof – der sinnigerweise neben dem jüdischen Altersheim ist – jetzt die Sammelstelle für den Abtransport der Alten. Und so rekelten wir uns sechs Wochen lang zwischen unseren toten Ahnen – lebendig und munter. ›Und übrigens‹, sagte Ruth, ›reisen erfahrene alte Ärzte nach Theresienstadt. Im jüdischen Krankenhaus bleiben nur die jungen arischen Pfuscher zurück, die Mediziner wurden, dass sie nicht an die Front müssen. In Theresienstadt erwartet mich beste Betreuung.‹ Es war Juli und sehr heiß. Zwischen den Gräbern aber schattig und friedvoll, als ob die Zeit uns zuliebe angehalten hätte, um noch einen langen denkwürdigen Augenblick zu verschenken, sozusagen als Stärkungsmittel für die Reise.

Wir durften Besuch empfangen. Zuerst kam der Frosch und sah uns auf unseren Gartenstühlen unter den Bäumen des Friedhofs, wie wir uns im Halbschatten unterhielten, und sagte: ›Euch geht es aber gut!‹ ›Ja, wir sind hier mit unseren Vorfahren vereint. Da vorne, in den ältesten Gräbern sind unsere Ur-hoch-17-Onkel – das ist so weit zurück in der Geschichte – da saßen deine Vorfahren noch in den Bäumen!‹ Er sah nach oben in die alten Baumkronen und lachte. Der Froschkönig ließ mir meinen Stolz. Eines Tages werde ich ihn küssen, dachte ich. Und meine Mutter kam – so gut wie jeden Tag. Sie sagte: ›Es freut mich; es quält mich! Weil immer, wenn ich gehe, denke ich, war es das letzte Mal? Und sofort sehne ich den nächsten Tag herbei.‹ Auch Leo Baeck besuchte uns mehrmals, obwohl er den Weg zu Fuß machen musste. Wir redeten über die Kraft des Lebens, über Angst und Flucht. Ich spürte meine Furchtlosigkeit wie ein Haustier, das bei mir blieb und sich an mich schmiegte. Als lese er meine Bilder im Kopf, sagte er einmal beim Abschied: ›Übrigens: Euer neuerdings protestantischer Haushaltsvorstand hat eurer Perserkatze das Leben gerettet.‹ (Sie war kein jüdisches Haustier mehr, musste nicht vertilgt werden). Der Frosch kam noch einmal. An dem Tag, als wir endlich auf Transport gingen. Überwachte unsere Verfrachtung. Ich sagte: ›Jetzt tragen Sie für Ruth den Koffer.‹ Und er tat es… und sah zu, dass wir in einem

Sitzwagen unterkamen. Das mit mir und Ruth hat alles der Frosch vollbracht. Er wollte mich retten. Weil ich für ihn arisch aussah. (Nicht nur für ihn – in Theresienstadt begrüßte man mich mit dem Satz: ›Wie kommt der BDM hierher?‹) Der Frosch schätzte meine Lockerheit – wollte mich einfach überleben lassen, weil er mich drollig fand – wie man einen Marienkäfer aus dem Haus trägt und auf ein grünes Blatt setzt. Ja, er mochte mich. Weil er über mich lachen musste.

Und Etta erzählt: Unsere Ankunft in Theresienstadt war wie ein Schlag ins Hirn. Und unsere Körper antworteten entsprechend. Ruth spuckte Blut, eine ziemliche Menge, die sich auch auf mir verteilte, während ich ihren Kopf hielt. Ich erkannte sofort unsere Chance mitten im Schrecken: Die von der Selbstverwaltung mussten begreifen, dass die beiden blutigen Ankömmlinge nicht für das Massenquartier geeignet waren. Die hatten sie unter den Dächern der Kasernen gerade neu eingerichtet, um den plötzlichen Zustrom der Massen zu bewältigen. Du musst dir vorstellen, dass der Juden-Vernichtungsapparat in zwei Dimensionen erfolgreich war: in der Logistik große Menschenmengen ins Nichts zu bewegen und im Abschleifen der jüdischen Identität. Ein Präzisionswerkzeug dazu war die jüdische Selbstverwaltung, ein anderes, die Versandmaschinerie in Wellen laufen zu lassen – mit Scheinerholung zwischendurch und wiederum kaum zu bewältigenden Massen kurz darauf. Wir kamen auf der Welle der ersten Alterstransporte daher, die sie auf den Dachböden zusammenpferchten auf zwischen den Holzpfeilern ausgelegten Matratzen-und-Decken-Lagen. Jeder, der sich bewegen musste, stieg über Liegende und Sitzende hinweg; nicht einmal so viel Boden als ihr Körper bedeckte, gehörte ihnen, denn er war zugleich allgemeine Verkehrsfläche. Wir aber kamen in die Tuberkulosestation. Ruth hatte ein weiß bezogenes Bett für sich allein, ich schlief die erste Nacht daneben auf einer Matratze mit einigermaßen sauberer Decke. Meine Rolle als Pflegerin war zunächst anerkannt worden.

Theresienstadt, das Altersghetto – so sein offizieller Name – war eine Festung mit Bastionen und Mauern zur Abwehr der Außenwelt und im Inneren mit Kasernen im Karree um den Exerzierplatz. Die Lungenstation war in der ältesten und kleinsten – der Genie Kaserne – untergebracht und gegenüber in der Hohenelber Kaserne dämmerten die anderen Kranken dahin. Dazwischen Kummerrasen, der nach jedem Regen tapfer spross. Schon bei der Ankunft begriff ich: Hier herrschen Hierarchien, wie im Leben draußen, nur krasser und strenger. Du überlebst besser, wenn du Freunde, Bekannte, Beziehungen hast, eine Sonderrolle spielst (ich: Pflegerin, Ruth: Extrem-Kranke), wenn du dich am Rand, besser: oberhalb der Masse halten kannst. Und du brauchst Glück im Unglück. Ich erklärte meiner Schwester: ›Diese Teufelswelt ist aus allem Schlechten gebaut, das es draußen gibt. Und – Ironie des Schicksals – es ist die jüdische Selbstverwaltung, die sie im Inneren zusammenhält.‹

Also Glück im Unglück: Dr. Max Polnow erschien, der Vater unseres Vetters Mutzi, des fröhlichen Hermann, der uns so oft im Haus in der Gelfertstraße besucht hatte; dessen Lachen durch alle Räume geklungen war… mein Onkel Max – seine bleiche Hand auf Ruthchens Stirn. Er war Lungenspezialist. Besprach mit uns die vielen kleinen Hilfen, um dieser unheilbaren Krankheit zu begegnen: die Patientin richtig lagern, Hustenreiz lindern, gutes Essen für die Lungenkraft, Sauerstoff. Sie hatten in der Genie allerlei Gerät, woher weiß ich nicht. Auch doppelte Essensrationen; und Max würde täglich nach Ruthchen sehen und František Löwit mitbringen, der sei ein noch berühmterer Lungenkenner als er.

Trost im Unglück: Ich traf Leo Baeck, meinen Rabbiner Freund, der mich einst in die Gemeinde aufgenommen hatte – feierlich… der zu Fuß in die Sammelstelle gekommen war, um mich zu trösten. Nun gingen wir zwischen den Kasernen auf und ab. Worüber hätten wir reden sollen? Über die Herausgehobenheit von Theresienstadt? Wo jeder Augenblick schlechter war als in all unserer Zeit bisher? Aber besser als alles in anderen Lagern – was wir ahnten… Wir gingen stumm – als schwebten unsere Seelen nebeneinander und spürten alles und bräuchten sich nichts zu erzählen; denn jedes Wort wäre zu groß oder zu klein gewesen.

Ich saß jeden Tag an Ruths Bett. Und natürlich wurde ich bald krank. Der Schmutz, das minderwertige Essen, die Enge und Bewegungslosigkeit – schon lag ich mit entzündetem Darm in der Kaserne Hohenelbe. Fallen lassen, vor sich hinträumen, liegen können… Nichts für mich, sagte ich mir, Kräftigung muss von woanders herkommen. Ich bin jünger als die meisten und tüchtig. Also: Kann man hier arbeiten, Geld verdienen, Sachen erobern? Man konnte. Wenn man eine Spezialität hatte. Meine Besonderheit war Grafiktalent – und es gab eine Grafikwerkstatt. Kaum, dass ich mich auf den Beinen halten konnte, wirbelte ich in die Werkstatt hinein wie ein Windstoß – und hatte Glück, weil ich gleich den Leiter erwischte. Fritz. Er wollte streng sein und verbiss sich das Lachen. Ich hatte gewonnen.

Das Lebensgefühl in Theresienstadt glich einer Achterbahn, erriet ich, und ich war gerade in eine luftige

Höhe hinauf transportiert worden und sah von dort oben den Abgrund – das Elend der anderen – kleiner und verschwommener. In der Werkstatt war ich sofort wohl gelitten, weil ich gut in ornamentaler Schrift war. Ich schrieb Mitteilungen für die Lagerleute, Menu Zettel für die Gestapomänner, Aufrufe für die Lagerverwaltung... Alles, was gewünscht wurde. Die Arbeit hielt auch Glücksmomente für mich bereit. Wenn mir Portraits für Einladungskarten oder Illustrationen für die Lagerzeitung besonders gelungen waren – Bilder mit Buntstiften in klaren Farben, schnörkellos schlicht mit hartem Strich gezeichnet, der doch einen Hauch von Komik versandte. So eine Zeichnung mochte ich lange ansehen... Und die Kameradschaft in der Werkstatt! Ich begegnete immer wieder dem aufmerksamen Blick des Fritz, der meine Zeichnungen mochte, aber keine Bewunderung zeigte; und wir redeten miteinander vertraut, das war die Auffahrt Richtung Himmel... Und wenn wieder Transporte angekündigt wurden, war es ein wildes Abwärtssausen... oder wenn ich Ruths Schmerzen in ihren Augen sah... Und dann kam Onkel Max und brachte eine Zusatzration Essen mit und ein neues Medikament, und langsam zog es mich wieder himmelan. Dann wurde ich wieder krank, zweimal von Sonne und Grün ausgeschlossen in der Hohenelber; erst war es Typhus, dann Scharlach. Aber ich war stark und bald wieder im Karree des Exerzierplatzes unterwegs und im Atelier an der Arbeit – unter den Freunden, die musizierten und komponierten und mit ihrer Kunst uns eine Tragwolke fürs Leben auffüllten; ja, so haben wir es empfunden, Kunst als Tragluft.

Und schon kamen neue Transporte an und rissen uns abwärts: die Blicke der alten, entwurzelten, erstarrten, angsterfüllten Menschen, von der Kargheit des Lebens hier verwirrt. Wir in der Werkstatt waren so etwas wie ein Teil der Verwaltung, und wir konnten nicht helfen. Aber ich versuchte es, redete mit dem Judenältesten-Stellvertreter, dem klugen, aufmerksamen Otto Zucker. Er solle mich einen Blick in die Transportlisten werfen lassen, ich müsse Leute für die Werkstätten rekrutieren, sagte ich... Und fand: meine arme Großmutter Hedwig und meine tauben Tanten Eva und Käthe auf den Listen. Ich ging sofort zu den Werkstättenleitern und erheischte – mit Bitten, Drohungen, Angeboten – je einen Platz für Eva und Käthe in der Spinnerei und in der Näherei. Fand die beiden und zeichnete vor ihren Augen im Skizzenbuch. Bild eins: In der Masse warten, sehr schlecht, zum Speien. Durchgestrichen. Bildfolge zwei: Werkstattarbeit! mehr Essen, kein Aufruf zum Transport. Sie betrachteten die kleinen knappen Bildchen, begriffen und vertrauten; ließen mich zu Ende zeichnen, weil es sie freute mir zuzusehen, wie ich den Plan von der Festung aufmalte und ein Zifferblatt, wo und wann sie dort hingehen sollten.

Hedwig fand ich im Massenquartier. Ich mimte eine Frau von der Selbstverwaltung und schob einen Schlafplatz für sie zurecht, an einer der großen Holzstreben, die das Dach trugen. Da konnte sie sich anlehnen, hochziehen – und war außerhalb der Achsen, die andere als Wege benutzten. Denn schau: Der Schrecken des Lagerlebens hatte seinen Kleinkrieg – wer-wo-was – und seinen Alltag. Meiner war so angestrengt, dass mir jede Kraft für Angst oder Trauer fehlte. Ich versorgte Großmutter Hedwig mit zusätzlichem Essen – und ich musste sie beaufsichtigen, dass sie es auch zu sich nahm und nicht sich stehlen ließ. Ich kam täglich zu Eva und Käthe und zeichnete Geschichten und auch warnende Hinweise – zornige Gesichter mit Händen an den

Ohren – denn ihre Verständigung untereinander nach der Art der Tauben schreiend und grunzend regte die anderen auf… Sodann eilte ich zur Arbeit in die Grafikwerkstatt, hielt Projekt-Palaver mit Künstlerfreunden, besuchte Ruth in der Klinik, redete mit Onkel Max; und am Ende war Zeit für stille Spaziergänge spät abends.

Unsere Mutter hatte es geschafft, mithilfe des Roten Kreuzes einen ständigen Post-Kontakt zu uns aufzubauen. Sie sandte Päckchen. Die enthielten vor allem Obst und Gemüse aus dem Garten, roh und eingekocht. Und sie schickte Nachrichten weiter an Rolf in Holland und Freunde und Verwandte, denen die Auswanderung gelungen war. Irmgard und ihr kleiner Kreis von Hilfswilligen – und ich ein kleiner Haken im Netz der Nachrichten und meine Emsigkeit ein Schutzzaun gegen die Angst. Zugelassen waren die Befürchtungen des Alltags: Kommt das Päckchen an? Erhält Rolf eine Arbeit? Bleibt Hedwig von der nächsten Typhuswelle verschont?

Und wieder stürzte in rasender Talfahrt mein Lebensmut ab, und ich schlug tief unten auf. Die nächsten Transportlisten waren zusammengestellt worden. Wenn Menschen auf Transport genommen wurden und fort waren, entstand hinter ihrer Abreise eine Leere und eine Stille. Niemand erwartete Nachricht. Schwarze Wände trennten die Tage. Früher waren wir mit einem Gefühlszopf aus Zuversicht, Neugierde und Geborgenheit aufgewacht, voller Pläne, was wir alles machen wollten. An Tagen der Angst stehen die Gedanken still; ist der nächste Schritt schon im Dunkeln.

Und ich wurde zum Transport aufgerufen. Ich ging sofort zur Selbstverwaltung, reihte mich nicht unter die Wartenden ein – ging hindurch wie eine mit einer wichtigen Nachricht; ich öffnete die Tür, stürmte hinein, stand nicht still bis zum Schreibtisch, so dass der Schreibende aufsehen musste, weil sein Körper längst gefährliche Annäherung gemeldet hatte. ›Ein Irrtum‹, sprach ich hart in sein zu mir empor gerichtetes Gesicht. ›Kein Irrtum‹, sagte der Mann von der Selbstverwaltung, ›Künstler sind nicht mehr ausgenommen‹, und er wollte sofort den Kopf wieder senken, ich ließ es nicht zu. ›Ein Irrtum, den Sie gefälligst sofort korrigieren müssen, denn sonst wird aus dem Irrtum Gewohnheit und aus Gewohnheit ein Verfahren – und schon ist ein Grundsatz umgestoßen. Das dürfen Sie nicht zulassen.‹ Sein Gesicht zeigte Neugier. Wollte den ungeheuren Irrtum erfahren. ›Ich bin Geltungsjüdin. In den Augen von euch Juden bin ich überhaupt keine Jüdin. Weil meine Mutter Arierin ist… und die SS sieht in mir…‹ ›Vielleicht hat Sie Ihre Mutter bereits aufgegeben«, rief der Alte dazwischen. Ich hatte den Einwand vorausgesehen und zog einen Apfel aus der Jackentasche. ›Meine Mutter schickt mir fast wöchentlich Päckchen. Bohnen und Äpfel aus ihrem Garten. Oder Marmeladen. Eingesalzenes Kraut. Was sie gerade erntet. Sie denkt ständig an mich und meine Schwester. Nennen Sie das Aufgabe? Ich nenne das Hingabe.‹ Dieses Wortspiel überzeugte ihn, die Drohung als Urheber neuer Regeln zu gelten, bekehrte ihn. ›In Ordnung. Ich nehme Sie herunter. Aber Sie wissen, dass wir ein Kontingent erfüllen müssen, also dass eine andere für Sie gehen muss.‹ An allem Unrecht um mich herum trug ich nun ein Zipfel davon mit. Zuerst scherte mich das nicht. Es sind so viele, die gehen, eine mehr… nicht mein Unrecht. Und ich ertappte mich auf dem Rückweg zur Genie Kaserne bei scheelen Seitenblicken. Vielleicht ist es die dort, und sie weiß es noch nicht? Von diesem Abrutschen des Lebensmutes erholte ich mich schnell. Ich sah nirgendwo hin, ging Schritt für

Schritt, Blick auf den Magerrasen, den Boden unter meinen Füßen. Mein Masel habe ich nicht gerufen. Mein Entkommensglück ist mir zugeteilt worden. Und ich weiß nicht einmal wie. War es nur die protestantische Mutter? Ich war straffällig durch Fluchtversuch und jeder Schutzstatus erloschen. Also, was rettete mich? Meine sichere, angstfreie Art aufzutreten – bei dem Schreiberling, dem Herrn Listenführer? Oder weil er wusste, dass ich zum engsten Kreis Leo Baecks gehörte, dessen Geist und Berühmtheit einen Mantel der Unberührbarkeit um uns hielt? Oder war es ein Trostpreis des Schicksals, weil ich verraten worden war... und ich sah vor mir das zu Tode erschrockene Gesicht einer Jüdin, die mich aus dem Goerzwerk kannte – als sie, neu angekommen, mir in die Arme lief... sie muss es gewesen sein, warum sonst dieser Schrecken? Oder war es der Nazi-Onkel Helmuth Generalstaatsanwalt-in-Böhmen? Der schützt mich sicher nicht... oder unfreiwillig doch, weil meine Mutter, einst Gabriel geheißen hat, wie er – und der Judenrat diese Verbindung kennt? Dunkel standen diese Möglichkeiten um mich herum wie zauberische Feen, und wie im Märchen wollte ich sie nicht benennen. Aber ich fühlte eine neue Stärke und musste mich für meine Rettung nicht schämen.

Und dann starb meine Großmutter Hedwig. Sie hatte sich in ihre Tagträume zurückgezogen, wollte nichts essen – als würde die äußere böse Welt mit der Nahrung in sie eindringen. Wir redeten ihr zu, wir belebten Erinnerungen, um in ihre Träume einzusickern: ›Du bist nicht allein, Hedwig, wir teilen die alten schönen Zeiten mit dir.‹ Sie war so leicht, wenn wir sie im Bett wendeten. Sie starb im Schlaf. Das war im Frühjahr 1943. Als selbst auf dem Exerzierplatz die Junidüfte über uns hinwegflossen, ging es Ruth sehr schlecht. Sie kämpfte. Onkel Max kam mit Dr. Löwit. Beide blickten stumm auf Ruth herab. Die weißen Götter hatten keinen Antwort mehr. Ruth rang um Luft und um Kraft… Wir wussten nicht, ob sie den Tod noch abwehren oder schon das Leben abschütteln wollte, um schneller am Ende anzukommen. Ihr Schmerz war so stark, dass sie um Hilfe schrie. Die Hand auf der Brust erstarrte Ruth plötzlich, die Augen zum Fenster gewandt. Blieb so lange. Wir redeten leise, Max und ich. Und als ich von der Neugierde sprach, was jenseits des Todes sei, ergoss sich plötzlich altes, schwarzes Blut aus ihrem Mund – als ob sie vergeblich habe Worte hervorbringen wollen. Max fühlte ihren Puls. Und ich ging zum Fenster, sah hinaus zum Himmel und hoffte inbrünstig, dass Gott sei. Dass sich unser Glaube nicht irre. Und als ich zurück kam zum Bett, sagte Onkel Max: ›sie ist tot.‹ Und in der Stille war zwischen uns eine Kraft und hob uns in einen Zustand ruhigen Glücks. Ich weiß nicht mehr, wie lange wir blieben und wann es entschwand. Ich kann es nicht mehr zurückzaubern. Ich erinnere mich nur noch an das Echo in mir. Ich schrieb es meiner Mutter – und sie antwortete; die Sätze weiß ich noch heute: ›Was eine Mutter verliert, kann ich nicht aussprechen, ganz zu schweigen davon, dass wieder ein Stück von meinem Heinz den weiten Weg zur Ewigkeit zurücklegt. Wieviel Glück muss ich besessen haben, um so viel Leid ertragen zu können.‹ Wie unsere Mutter die Verluste erlebte, konnte ich mir zu der Zeit nicht vorstellen. Ich wusste nur, dass sie – wie auf einer gnadenlosen Schicksalstreppe abwärts – Schritt für Schritt ihre Lebensschätze verlor: ihr Haus, ihren Garten, ihren Mann – und ein Kind nach dem anderen entschwand in die Fremde und zwei verlor sie ganz. Kein Mensch kann jedoch ohne Unterbrechung Trauer ertragen. Später, viel später erst begriff ich ihre Bewältigungskunst.

Ich wehrte mich gegen Tod und Unsicherheit durch die Gewissheit der Liebe. Als hätte diese Kraft im Sterbezimmer einen Brunnen ihn mir aufgebohrt. Es strömte aus mir heraus und erfasste auch ihn: Fritz. Aus den Gefühlen, die wir erst uns selbst und dann einander verschwiegen hatten, wurde eine gemeinsame Heimeligkeit – und bald eine allseits bekannte Liebe. Wir wagten es, uns als Verlobte auszustellen, und so erhielt er die Erlaubnis, mich in sein Kämmerchen aufzunehmen; das war eigentlich nur ein Verschlag, heiß und eng, wie überall unter den Dächern – aber wir waren aus der Sicht genommen, für uns allein... mit bunten Bildern an den Wänden. Er besuchte sein Söhnchen im Kinderheim jeden Samstag und jeden Sonntag und stellte mich vor – als seine zukünftige Mutter. Von seiner Frau gab es keine Nachricht. Ich teilte unsere Verlobung unserer Mutter mit, und die schrieb an die Geschwister im Exil, und die Familie war aufgeregt über das Glück im Unglück. Es sollte in Wahrheit unser Unglück sein.

Und Etta erzählt über den Sommer 1944 in Theresienstadt: Zu der Zeit tröstete uns die Kunst. Und die Philosophie. Ich sage Philosophie – und ich meine, den Ursprung des Wortes, die Liebe zur Weisheit. Sie war überall. Wir – die Lagerinsassen, der Judenrat und die Künstlergemeinschaft – hatten eine Bibliothek eingerichtet. Sie bestand aus den mitgebrachten Büchern – die in der Konzentration auf das Überleben als lebenswichtig mitgenommen worden waren, in dem einen Koffer, der erlaubt war – Bücher, die Schuhe, Pullover, Wechselwäsche verdrängt hatten, weil Schutz und Wärme für die Seele – nun waren sie als Schatz für alle bereitgestellt... Die Universität Theresienstadt war gegründet worden und wir organisierten Kameradschaftsabende... Unter diesem gleichsam militärischen Begriff versammelten wir Vorträge der Geistesgrößen, die es im Lager zahlreich gab, die uns Welten – von Politik bis Physik – öffneten. Es gab regelmäßig Konzerte, vor allem mit neuen Kompositionen der Musiker, die hier interniert waren – und ich malte romantische Plakate dafür. Und meine Wandelgänge mit Leo Baeck! Wir trafen uns regelmäßig – und jetzt redeten wir – es waren Grenzgänge entlang des Glaubens.

Im Frühjahr häuften sich die Transporte nach Auschwitz. Mit Zittern, Ohnmachten nahe, las man die Listen... Es gab Gerüchte... Und dann wurde sie Wirklichkeit: die Verschönerungsaktion. Sie begann mit noch längeren Listen und gesteigerten Deportationen. Die Gänge, die Wege, die Häuser wurden leerer, die vorher so drängend überfüllt waren. Und es wurde viel angemalt – auch von uns: die Wände des Kaffeehauses, die Eingänge der Kasernen. Und wir? ...verstärkten unsere Maler-Aktion. Wir zeigten hungrige, faltige Gesichter, große, leere Augen, schrumpelige, farblose Kleidung... die Enge unter dem Dach, das unentwegte Nebeneinander, das sich Luft und Raum und Lärm teilen Müssen... Es gab Wege, die Bilder nach draußen zu bringen – wie genau, weiß ich nicht. Fritz sagte, jedes Mitwissen ist lebensgefährlich. Wir malten also Theresianer im Kaffeehaus, die Kuchen aßen und andere zwischen Blumenbeeten für den Bericht: ›Der Führer schenkt den Juden eine Stadt‹ – vielleicht für die Dänen gemacht, die nach ihren Juden fragten, vielleicht für das Internationale Rote Kreuz oder den Völkerbund. Unsere Bilder zeigten diese ›Stadt‹ im Schlaglicht der Wirklichkeit. Im Juni – in der Wärme, im Sonnenschein – standen Vertreter des Roten Kreuzes da – umstellt von SS. Die Schweizer schauten, hörten sich Erklärungen an. Wir waren zu weit weg, um zu schreien – aber wir hätten flüstern müssen.

Dann gingen die Herren im lichtgrauen Sommerflanell und blickten nicht zu uns her. Was hatten sie wahrgenommen? Wenn man zuhört, entstehen innere Bilder, und man sieht, was die Leute sagen – und nicht, was um einen herumsteht. So erging es den Männern vom Roten Kreuz.

Mitten im Juli erschien Otto Zucker von den Judenältesten – mit weißgrauem Gesicht und gerunzelter Stirn. Einige unserer Zeichnungen wären in die Hände der SS gelangt. Jetzt würde es schwierig werden für uns. Morgen zum Rapport beim Lagerführer… In der Nacht vergruben wir unsere Bilder… Fritz mauerte die seinen ein. Was ist ein sicherer Ort – wenn der Krieg über alles hinwegrollt? Und Fritz beriet mich: »Sie werden mich verhaften – vielleicht foltern – jedenfalls deportieren.« »Ich gehe mit dir«, unterbrach ich ihn. »Willst du mich fertig machen? Soll ich zu alldem auch noch um dich zittern? Wir würden ohnehin gleich getrennt. Du hast eine Chance, und du wirst sie nutzen! Erzähle ihnen, du hättest bei uns nie gezeichnet. Ich hätte dir das nicht erlaubt. Ich hätte dich unterdrückt, hörig gemacht. Mit Extrarationen und anderem… auch sexuell versklavt. Gebrauche diese Worte. Sexuell überaktive Juden! Das bestätigt ihr Vorurteil. Die Nazis lieben sowas, das geilt sie auf. Du spielst das Opfer, die missbrauchte Frau. Dann kannst du bleiben und dich heimlich um meinen kleinen Sohn kümmern.« Ich heulte. Aber ich sah es ein. Und resignierte. Fritz verschwand aus meinen Augen. Und ich hatte doppelten Grund zu überleben. Ich zeigte die gerade wieder zugeschickten Einmachgläser vor und sprach vom arischen Gesamthaushalt, der wir wären, von meiner Mutter, die mich als Arierin an sich ziehen wolle. Dann standen Evas und Käthes Namen auf der Liste und kein Betteln bei den Werkstattleitern half. Die lärmenden

Beiden waren in ihren Augen abkömmlich... Nun war ich alleine in Theresienstadt und Irmgard allein in Berlin. Und was uns verband, war das Rote Kreuz, das Briefe hin und her irren ließ. Im Februar 1945 wurden Juden mit Verwandten in der Schweiz herausgeholt. Im April kam noch einmal das Internationale Rote Kreuz und blieb fern von uns. Die Russen waren nah, das wussten wir. Aber jeder Tag war zu lang, um die Hoffnung aufrecht zu halten.

Die Übergabe an das Internationale Rote Kreuz kam so plötzlich, dass wir alle benommen waren. Erstarrt. Sie hatten die Gestapo abziehen lassen... Eine deutsche Einheit schoss von außen auf die Festung – dann war es still. Wir gingen alle hinauf und standen auf der Festungsmauer und sahen die Rote Armee heranmarschieren. Unsere Nerven waren am Ende.

Es geschah lange Zeit nichts. Dann kamen sie herein. Die Tore waren offen, viele von uns gingen hinaus, in die Nachbarschaft, nach Leitmeritz... um zu plündern, zu stehlen, zu betteln. Ich nicht. Ich wollte nicht. Am nächsten Tag schlossen sie das Lager. Für 3 Wochen. Weil wir Typhusfälle hatten... Wir gründeten ein Abwicklungskomitee, das sollte die Leute nach Hause schicken. Aber wo war zu Hause? Und wenn es eines gab, war es noch da? Und war die Person reisefähig? Sobald wir wussten, wohin die Leute sollten, wurden Papiere ausgestellt, gestempelt und unterschrieben: von uns für die Identität der Person, von den Russen für die Bewegungsfreiheit und von den Tschechen, weil es ihr Land war. Eine Menge Arbeit für uns. Wir waren Elftausend – und sie brachten noch Überlebende aus den Vernichtungslagern, Skelette allesamt, und Verschreckte aus den Verstecken.

Mitten im Schicksalsstrudel der Überlebenden… begann ich mir Sorgen um meine Mutter zu machen. Was war ihr in den letzten Kriegstagen widerfahren? Sie – als Deutsche für die Besatzungsmacht eine Feindin… Ich fürchtete, man würde sie, wie alle anderen, mit Hunger und Missachtung bestrafen wollen. Lebte sie noch? Ich musste sie finden. Ihr helfen. Sie nach England bringen, wo die Schwestern Judith und Ulla schon waren… Meine Chance kam mit der Nachricht, dass dreihundert Waisenkinder nach England ausreisen durften. Zwanzig Erwachsene sollten sie begleiten. Die müssten von der britischen Verwaltung und von der jüdischen Trägerorganisation, dem Woburn House, bestätigt werden; dafür sollten sie einen triftigen Grund vorweisen, warum sie in England bleiben könnten. Zwei Töchter in London wären ein treffendes Argument, dachte ich. Ich bat unseren jüdischen Kontaktmann, Doktor Merzbach, dass er meine Mutter und mich auf die Liste des Begleitpersonals setze. Ich hatte Glück – denn er kannte meinen Vater aus dem Vorstand der Hochschule für die jüdische Wissenschaft. Ein überzeugendes Kriterium für die Aufnahme in die Liste. Doch Merzbach meinte, meine Mutter sei keine Lagerinsassin, sondern eine Deutsche in Berlin. ›Lassen Sie das meine Sorge sein‹, wandte ich ein. ›Das Problem werde ich lösen, wenn ich sicher bin, dass unser beider Namen den Engländern weitergegeben werden – also auch meiner, obwohl ich nur Schwestern in England habe.‹ Auch im Woburn House kannten sie meinen Vater, weil er als Rechtsanwalt ein paar internationale Fälle in London vor Gericht verhandelt hatte. Also blieb mir die Aufgabe, meine Mutter zu finden, nach Theresienstadt zu bringen und in eine Lagerinsassen zu verwandeln. Im Abwicklungskomitee war ich diejenige, die Identitäts-Papiere ausstellte. Also füllte ich ein Formular aus: Irmgard Simon, geborene Gabriel, zur Welt gekommen in Surinam (Geburtsschein vorhanden), angekommen mit einem Transport Überlebender aus Holland, krank in der Hohenelber Baracke. Wir hatten einen Kurierdienst im Lager; der Leiter – ein tschechischer Ingenieur – kannte mich. Hallo, sagte ich, ich brauche ein Propusk – ein Papier, das meine Mutter Irmgard und mich als Kuriere ausweist, im Auftrag der jüdischen Behörden, bestätigt von der tschechischen Stelle als im Dienst der Besatzungsmacht stehend… damit wir wieder in die Tschechische Republik einreisen können. Er versorgte mich mit Marschbefehl und Armbinde, die mich als Hilfspersonal der Militärverwaltung kennzeichnete. Nach Dresden brachte mich ein Bus. Dort stieg ich in einen russischen Militärzug ein. Saß in einem Abteil mit russischen Offizieren. Da kam ein Kurier-Kollege aus dem Lager, und sagte: ›Da will dich einer sprechen, weil er nicht glauben kann, dass du jüdisch bist, so wie du aussiehst – und überhaupt weil kein jüdisches Mädchen unbeschadet überlebt haben kann.‹ Also trat ich auf den Gang hinaus, und da stand einer in russischer Uniform mit Goldtressen über und über, starrte mich an und murmelte ›Nicht, nicht!‹ Schrecken stieg in mir auf – sollte jetzt alles scheitern, nach all den glücklichen Zufällen bisher? Was mache ich jetzt? ›Ich bin Jüdin‹, sagte ich fest und begann auf Hebräisch: Schma Israel – höre Israel usw. und den Segensspruch asher ruach bao, der Herr möge dich behüten und segnen… ich wusste eine Menge Gebete auf Hebräisch. Da liefen Tränen über sein Gesicht, denn er war Jude. Ich habe immer noch seine Adresse in Moskau… und unseren Kindern riet ich später, sie sollten Hebräisch lernen, es könnte zu was gut sein.

In Berlin fand ich meine Mutter im Haus, müde, traurig, hungrig. Aber reisefähig. Wir verbrannten die deutschen

Papiere. Übrig blieb die holländische Geburtsurkunde und mein Propusk, der unseren Reiseauftrag von Theresienstadt nach Berlin und zurück bestätigte. Wir nahmen die Familienfotos mit, sonst nichts. Im Lager angekommen sagte Mutti: ›Mein Gott, jetzt bin ich endlich wieder unter meinen Leuten.‹ Es muss für sie sehr bitter gewesen sein, so fremd in Berlin. Wir anderen, die wir gelitten hatten, waren nie allein – teilten das Schicksal mit anderen: in der Gefängniszelle, im Lager. Aber sie war auf sich selbst gestellt, unter feindseligen Menschen und hatte zwei Kinder und ihren Mann verloren. Sie hatte das schwerste Schicksal von uns allen.

Drei Tage später fuhren wir nach Prag. Von dort flog uns ein britischer Bomber nach England. Mit Zwischenlandung in Holland, wo für uns internationale Helfer neben dem Flugfeld Tische aufgestellt hatten, mit Schokolade und anderen Naschereien bedeckt, die wir seit Jahren nicht mehr und die Kinder noch nie gesehen hatten. Und in England mussten wir in ein normales Leben zurückfinden. Das war nicht leicht. Ich hielt es nicht aus. Ich war das straffe Gerüst des Lagerlebens, die Enge und die Gleichmäßigkeit gewohnt. Das freie Leben schreckte mich. Deshalb bat ich die Leute im Woburn House, sie mögen mich in das Lager schicken, in dem die Waisenkinder vorläufig untergebracht waren, um da zu helfen. So hatte ich ein halbes Jahr lang Schonzeit vor meinen Alpträumen. Die hörten ein Leben lang nicht auf«, erzählte Etta, achtzigjährig, in Seattle, »aber wenn sie kamen, dann dachte ich daran, dass ich überlebt habe… 17 Verwandte sind im Holocaust in Lager gekommen, und ich habe als Einzige überlebt: Und es war Glück und Zuversicht, 95 Prozent Glück und 5 Prozent Haltung. Und Witz brauchst du. Ohne Witz überlebst du nicht…

Wenn ich im Lager angespannt und voller Angst war, stellte ich mir manchmal vor, dass mein Nazi Onkel Helmuth Gabriel, der große Generalstaatsanwalt in Prag, auf Lagervisite käme, mit einem Tross von SS-Leuten hinter sich, und ich würde ihm zuwinken und sagen: Hallo, lieber Onkel! Und er würde aus Scham über diese jüdische Nichte an Ort und Stelle in Ohnmacht fallen!«

Eva-Maria: Der Schrecken im Garten

Eva-Maria hat in Wien-Ottakring einen großen Garten. 32 Obstbäume – in regelmäßigen Abständen gepflanzt, nach langer Zeit sehr verschieden verwittert, stehen sie da, jeder in seiner eigenen Gestalt. Dazwischen wuchert Gras, den Hang hinauf ziehen sich Spuren von willkürlich begangenen Pfaden, rostige Gartenmöbel, zerbrochene Geräte als die Reste früherer Tätigkeiten liegen dort und dort. Ein wilder Garten, ein Geschichten erzählender Garten, der die Übung verlangt, über Hässliches hinweg zu schauen.

Im Haus führen die Pfade um die dichtgestapelten Zeugnisse des täglichen Lebens herum. Aber Kofferturm, Sesselreihe, Tischchennische, Lampe ... sind nicht sich selbst überlassen. Sie haben Farben angenommen, unvermischte Farben, wie die Malerin Eva-Maria sie liebt: violett, zitronengelb, sattorange ... und sie haben Überzüge, Behänge und Gastgegenstände erhalten; Nützliches, Zierliches und Glänzendes wohnt miteinander, in Tagesschichten, in Monatsschüben, in Jahresringen eingelagert. Ein sorgfältiger Forscher fände den Verlauf des Lebens, Erinnerungen, Nöte und Vergnügen, heraus. An den Wänden hängen die Lieblingsbilder der Eva-Maria, Stadtgeschichten, Stillleben und meistens: Porträts; auch Bildnisses ihres Sohnes und ihres Mannes.

Die von Eva-Maria Abgebildeten schauen in eine magische Ferne, auf einen fremden Punkt, für immer festgehalten von der Lebensfrage. Ihre Gesichter sind mit Buntstiften oder Kreide gezeichnet, Linien und Umrisse zeigen Weniges, lassen Merkmale sich nach vorne drängen, Ungewissheiten und Ungereimtheiten verblassen. Fundgegenstände aus dem Leben der zur Schau Gestellten umgeben, ja umkränzen die straff aufgerichteten Leiber, in bunter Reihung sind da Weinglas, Buch und Flasche, Rosenranken, Kalenderspruch. In märchenhafter Breite stehen die Stadtansichten vor unseren Augen, in kräftigen Konturen gemalt, mit der Standhaftigkeit und Formenglückseligkeit eines Kindes – ein kindlicher Strich, reifgeworden durch Erfahrung und akademische Übung. Als Eva-Maria in Not kam, hatten Freunde die Idee von einer Portraitserie entwickelt, Mitglieder der Autorenversammlung sollten gezeichnet werden, für lange Zeit festgehalten als Dichterkreis, fertiggemacht zum Aufhängen und Ausstellen, das Honorar regelmäßig bezahlt zur Rettung der Lebensumstände von Eva-Maria und ihrem Sohn August. Als die Aktion zur halben Reife gekommen war, hing Eva-Maria die Porträts der Freunde an die Baumstämme im Garten, hieß die Paten sich daneben stellen und aus ihren Werken lesen. Das Ereignis ist uns in einem Film überliefert. Das Kameraauge schaut in das schöne Licht durch sommerliche Blätter abgeschattet, schaut weg und sieht ein Insekt, lässt sich wieder einnehmen von dem Vorgang, das gesprochene Wort zu beobachten und das auf die gelesenen Worte ausgerichtete Gesicht und das durch Zeichnung erstarrte Gesicht zugleich wahrzunehmen, eine kleine Weile, bis die Kamera wiederum abirrt, in die Tiefe der Blätterwelt, in die für uns ausgewählte Schönheit. So sind Garten und Freunde und Eva-Marias Porträtkunst zusammengekommen in einem Filmwerk ihres Sohnes August. Mit ihm lebt sie dort in Wien, in dem kleinen Haus am Ottakringer Friedhof, allein.

Geboren ist Eva-Maria 1936 in Dresden. Dort in Blasewitz lebte sie in einer Villa mit einem großen Garten. Der Garten war des Kindes Traum: Im sommerglänzenden Grün Blumenaugen hier und dort und geheimnisvolle Baummünder am Durchschlupf zu Dunkelräumen, Verstecke, Erkundungshöhlen mit ihren Schrecken und Wundern, die Maus aus dem Erdloch, der Laufkäfer, der abgestürzte Vogel. Eva-Maria ist ein Schauspielerkind. Sie kennt die Bühne bei Tag, die Unordentlichkeit, das schnelle Aufgemaltsein, die halben Versatzstücke – Himmelsfarbe zur einen, den Lattenrost zur anderen Seite zeigend. Sie weiß, am Abend werden die Leinwandschirme und Holzgestelle zu glänzenden Welten zusammengeschoben, in der Phantasie der Zuschauer wird Straße, Schloss und Salon entstehen. Die Mutter, sagt Eva Maria, war eine großartige Soubrette, sang Koloraturen, sang mit Richard Tauber. Ja, sie war berühmt und begabt, und großartig war der Vater – ein Theatermann auch er, der Musikpremieren auf große Bühnen brachte… ein unsteter Mensch, sagt Eva-Maria, ungeschickt in geschäftlichen Dingen, Großes zur Unzeit wagend, mit wechselndem Glück, und wankelmütig war sein Lebensplan. Die Mutter trennte sich früh, sehr früh, von ihm, und mitten in Applaus und Zuspruch und gegen die Versprechen der Theater zieht sie sich in die alte Villa zurück, zur Miete, in die Wohnung zur ebenen Erde, mit den Kindern und ihrer Mutter und arbeitet halbe Tage lang für einen Kinderbuchverlag. Die Kinder sind ihr Lebenssinn in einer Märchenwelt von Haus und Garten.

1945 ist Eva-Maria neun Jahre alt. Sie fliehen in den Keller in jener Nacht im Februar und hören die hohen und die schrillen und die dumpfen Töne, die Schläge … die Schläge … namenloser Schrecken. Am nächsten Morgen – es war schon lange still: Eine Bombe hängt auf dem Balkon, grau und stumpf … und zwei Erdtrichter klaffen – im

Garten, zwei Löcher grellschwarz zwischen den Bäumen, aufgerissene Schollen, zerwirbeltes Strauchwerk im Kreis.

Der Krieg ist zu Ende, der elektrische Strom wird für Stunden angeschaltet, die Bühnen werden eröffnet, schon im ersten Monat der Freiheit. Die Mutter schließt sich einer Schauspielgruppe an, die Märchenstücke spielt. Ja Kunst, ja Märchen nach dem Schrecken des Krieges hatten Zuspruch von allen Seiten, für das Schauspielervolk gab es zusätzlich Lebensmittelkarten für Pferdefleisch im Restaurant. Viele wollten mitspielen, wegen der Marken. Es war eine Gruppe, reich an Begabungen und schrägen Gemütern, die auf Tournee ging. Für den Herbst 1945 wurde das Stück *Das Wunder der Christrose* von Karl-Heinz Vogt vorbereitet, die Hauptdarstellerin, eine junge Frau, wurde krank, und in der ersten Minute der Ratlosigkeit forderte Eva-Maria mit starker Stimme, diese Rolle wolle sie übernehmen, sofort: hat sie nicht jeden Tag schon den Text gehört? Und sollte das Kind im Märchen nicht besser von einem Kind gespielt werden? Wer hat eine bessere Idee? Was ist das für ein Kind, das sich in den Mittelpunkt der Bühne traut, in das Zentrum des Kraftfeldes? Sie wird – sie bleibt – der Kinderstar der Truppe, bis sie 15 Jahre zählt.

Viele bunte Menschen umgeben das Kind Eva-Maria. Die Truppe wird bekannt, geht Sonderwege, bildet immer mehr ihre Eigenart heraus. Viel Selbstgefühl lernt Eva-Maria und Spaß am Sonderlichen. Das exaltierte Spiel der anderen, die aufgebauschten Aufregungen, die sinnfreien Inszenierungen der Augenblicke, die niemals Ruhe einkehren lassen, sie verwirren Eva-Maria. Das schrille Theatervolk ging mir auf die Nerven, sagt sie. Ich habe mich immer mehr zurückgezogen.

Hatte sie nicht schon im eisigen Winter 1945 zu zeichnen begonnen? Neben dem einzigen Öfchen bastelte sie Bilderbücher, machte Anziehpuppen – Lockenköpfchen mit dunklen Augen. Eine Welt, nicht aus Gesten und Geschrei, sondern aus Linien und Farben. Blicke nach innen richten, nicht das fahrige Selbst nach außen kehren – so fühlt Eva-Maria, als sie fünfzehn wird und löst sich aus der Theatertruppe heraus. Sie besucht regelmäßig einen Zeichenlehrer. Mit siebzehn Jahren wird sie, das Wunderkind mit großer Mappe unter dem Arm, in der Kunstakademie sich bewerben und aufgenommen werden. Vielleicht ist es dem neuen Staat wichtig, Talente nicht zu verjagen, die Prüfenden sehen gnädig über die Herkunft aus bourgeoisen Prunkwelten hinweg. Man wird dieses Können später zur Bloßstellung dieser Sphären gut brauchen können, vielleicht ist aber 1953, im Jahr der Arbeitererhebung, nur vieles freier und manches möglich.

Das Jahr auf der Akademie vergeht wie ein Traum. Jeden Tag fährt Eva-Maria mit dem Bus von Blasewitz in die Innenstadt; eine lange Fahrt. Ihr Gesellschaftslehrer, ein freundlicher, gescheiter Mann, fährt oft mit, weiß zu plaudern, stellt viele Fragen, regt sie an, das Erzählen zu üben. Was treiben sie, die Familien in den schönen Villen von Blasewitz?

Da wird ihr ein Brief der Akademie zugestellt. Sie steht im Garten und liest: Mit sofortiger Wirkung habe sie die Akademie zu verlassen. Ohne Begründung. Verwiesen. Verstoßen. Auch für alle anderen Kunstschulen der Demokratischen Republik gesperrt. Eva-Maria im Wunderland – angekettet. Sie bedenkt: auch ihr Bruder, längst in die Hauptstadt Berlin übersiedelt, hatte Schwierigkeiten in der Humboldt-Universität erlebt. Er – hatte nicht gekämpft, nicht auf Rechten bestanden, nicht gefragt, was muss ich tun, dass ihr mich wieder mitten unter euch sein lässt? Er hatte eine Tasche gepackt und war nach Westberlin gefahren. Dort in der aufgeregten, aufnahmebereiten Stadt richtete er sich ein. Eva-Maria kommt nach Berlin und wagt die Fahrt auf die andere Seite, die Bildermappe unter dem Arm. Auf der Akademie der Künste in der Hardenbergstraße ist man wohlwollend, Ausnahmeregeln sind hier bereitgestellt. Man würde sie nehmen, vorausgesetzt sie weise einen ständigen Wohnsitz in Berlin-West nach. 1954 – wo im Westen wohnen? Die wenigen Studentenheime sind überfüllt, die Witwen in ihren großen Wohnungen verlangen von den Untermietern hohe Preise. Eva-Maria kehrt mutlos zurück. In Dresden sagt man ihr, sie sei nun für die Arbeit in einem Bergwerk vorgesehen. Ein halbes Jahr des Wartens, des Rückzugs, der Ungewissheit und des Schweigens. Für das Wintersemester 1954/55 ist an der Akademie in der Hardenbergstraße bereits eine Aufnahmeprüfung zwingend. Eva-Maria besteht sie, man verspricht ihr ein Stipendium, und diesmal findet sie ein Zimmer und geht auf Übersiedlungsfahrt mit der S-Bahn nach Westberlin. Ihren Hausrat wird ihr in Taschen und Beuteln die Mutter bringen, nach und nach, am Ende sogar den Hund. Meine Vermieterin war eine schrille Person, hoch alt und hoch lesbisch, erzählt Eva-Maria, ah, die Vermieterinnen in Berlin!

In Dahlem, in Charlottenburg – in Prunkvillen und weitläufigen Wohnungen saßen diese Überlebenden des Schreckens. Sie hausten zwischen geretteten, geerbten – oder auch: entwendeten Möbeln und Teppichen. Die hatten Wert gehabt, die waren in einem Zusammenhalt mit ihresgleichen gewesen, hervorgehoben, ihrer Geste entsprechend. Jetzt abgeschabt, unpassend, aufgereiht standen sie da – niemand liebte, gebrauchte, nutzte sie, die Geschichte der Möbel war abgebrochen. So waren die Vermieterinnen von ihrer Geschichte abgeschnitten: die Männer gefallen, die Freundinnen ausgebombt, verschüttet, fortgezogen, sie selbst zwischen ihrer Habe vertrocknet, verwittert, versteint, die verflossenen Ideologien eingekapselt, die Erinnerungen auch. Für die neue Generation, für die jungen Triebe ließen sie jeweils eine kleine Kammer frei oder das Durchgangszimmer ohne Balkon, die Türen mit alten Teppichen abgehängt. Dieser Nachwuchs sollte sich nicht bewegen, viel Geld zahlen, der Ärger über ihn war Unterhaltung, Tageseinteilung für die Alte. Schikanen wurden zur Kunst entwickelt, in langen Nachmittagen ersonnen. Ah, diese schönen Orte, mit Fenstern, die in alte Straßen auf austreibende Bäume schauten, dieses Hausen im Humus verwesenden Hasses auf das Junge. Eva-Maria wohnte in Dahlem, im Zwischenstock einer Villa – mit Gelassenheit ertrug sie die Launen der Alten, mit Neugierde horchte sie auf den Wahnsinn in deren Reden, mit bunten Fetzen, Blumen, Puppen ließ sie im Plüschzimmer ihre persönliche Landschaft entstehen.

Lebenskunst im Nachkriegsberlin. Eva-Maria machte den verschwundenen, für Unterhalt unbrauchbaren Vater geltend und erhielt ein Stipendium. Sie kannte die Orte mit billigem Essen in Charlottenburg: da war Aschinger mit unbegrenzten Mengen von Semmeln zur Suppe, da war die Fischbräterin, die an langen Tischen Backfisch servierte – verschenkte oder für Pfennige verkaufte, wenn nur die religiösen Schriften auch mitgenommen wurden, die sie mit gleichem Großmut verteilte. Wein und Schnaps waren in diesem Berlin steuerfrei und billig, das belebte die blanken Tische in dunklen Kneipen. Wo saßen sie immer, die Freunde? Im Zwiebelfisch am Savignyplatz oder bei der dicken Wirtin, in der S-Bahnquelle oder im fernen Kreuzberg in der Kleinen Weltlaterne. Niemand besaß ein Telefon, sie trieben suchend durch die Kneipen, erfuhren von den Adressen flüchtiger Feste in weitläufigen Wohnungen und trafen sich dort.

Mit Freunden zog sie im Sommer 1956 auf die Insel Stromboli. Das kam so: In der künstlerischen Aufbruchsstimmung dieser Jahre herrschte das Abstrakte. Mit Formen-Ästhetik sollte eilig künstlerische Grenzerfahrung heraufgeholt werden, die unter der Last von Diktatur und Krieg in Deutschland unterirdisch, abgekoppelt, verstummt war. Eva-Maria fand an ihrem Talent keine Fühler für Abstraktion. Es verlangte nach Bildern, Puppen, Masken. Ihre Kunstseele brauchte ein Ausdruckswerkzeug, das Märchen, Ironie, Überhöhung oder farbenselige Erzählung möglich machte. Der einzige akademische Lehrer, der solche Versuche zulassen würde – Ernst Schuhmacher – nahm in seine Meisterklasse keine Mädchen auf, das war bekannt. Eva-Maria musste auf anderen Wegen das Lernen suchen. Sie eroberte ein Stipendium für ein Semester in der Casa dell' Academia in Stromboli. Sie und eine Freundin und Matthias Koeppel …

Die weite Landschaft, die leuchtenden Gegenstände des Mittelmeerlebens, nahmen Eva-Maria an, ließen sich von ihr malen, zeigten Eigenart, gaben Anregung, erzeugten Vielstimmigkeit. Kakteen und weiße Häuser, Zisterne, Petroleumlampe, Tür und Boot ließen sich aus der Schwerelosigkeit einfangen in die schwingenden, bestürzenden Linien ihrer Bilder. Was wollte sie mehr, als ein Leben lang mit Pastell und Kreide und Buntstiften Landschaften aufmalen? Dorflandschaft, Hafenlandschaft, Gesichtslandschaft, Traum und Wesen als Landschaft. Eva-Maria blieb am Ende des Semesters auf Stromboli; erhielt ihre erste Ausstellung in der Casa dell' Academia … als sie nach Berlin zurückkam, mit ihren Blättern und Mappen, nahm Schuhmacher sie auf. Diese ausgereifte Künstlerin wollte er zwischen seinen Jungmännern haben, diese bunten Bildpersönlichkeiten waren ihm recht.

Und sonst in Berlin? Eva-Maria zwischen den Musikern, Dichtern und Zeichnern, die durch die Nacht zogen, da und dort an festen Plätzen erschienen, betrunken. Alkohol, der billige Alkohol, meistens Fusel und Weinverschnitt, war der Heiligenschein der Bohème, Erkennungszeichen für Unantastbare. Eva-Maria unter ihnen, friedlich, neugierig, in langen Kleidern, unter dem Schutz von großen Hüten. Da war Schröder-Sonnenstern, seine farbseligen Phantasien drangen in Eva-Marias Gedächtnis ein. Da war auch Heinz Otterson, ein Maler aus Dresden, auf einem der Feste waren sie zusammengetroffen, er – in sich ruhend, urtümlich, der älteste von ihnen allen – der Anführer, der Kern des Freundeskreises, der Mann mit der Trompete. Er hielt auch die Musikgang in Fahrt. Mit ihm und seiner Frau kehrte sie nach Stromboli zurück.

Wir sind schon im Jahr 1961. Berlin wird zur Drehscheibe der Westflucht, der Oststaat errichtet Stacheldraht. Der Malerprofessor Erich Schuhmacher ist gestorben und Eva-Maria hat die Akademie der Künste verlassen. Im darauffolgenden Winter, beim Faschingsfest der Architekten, erscheint Eva-Maria als Nymphe mit Fischernetz und blonden Ringelhaaren und fängt sich den jungen Architekten Albrecht Wagner, zieht mit ihm nach Nikolassee in die Tristanstraße in den Turm der Villa dort (diesen Turm sehen wir noch heute die Bäume überragen); Dornröschen wohnt in Wannsee, wird die Berliner Zeitung später über sie schreiben. Albrecht gründet mit einem Freund ein Atelier in der Sybelstraße.

Die frühen sechziger Jahre in Berlin: Die Unternehmen und die wohlhabenden Familien ziehen fort in Scharen, aber Studenten und Schüler kommen, beleben die vagen Orte, begehen die Trampelpfade über Trümmergrundstücke, besiedeln leergezogene Wohnungen. Sie bevölkern die Kneipen, trinken und reden, im Zwiebelfisch, bei Schultheiß in der Suarezstraße, bei Diener in der Grolmanstraße. Unbestimmte Zukünfte am Savignyplatz, offene Lebensentwürfe am Steinplatz. Der Admiralssohn Albrecht will genauere Aufgaben finden, enger an den Ereignissen der Zeit stehen, deutlicher die Richtung erkennen. Ich will näher ans Meer, sagt er. Das junge Paar zieht nach Paris. Im Cour de Commerce, in der Rue St. André des Arts wohnen sie in einem kleinen Hotel ein ganzes Jahr. Dann werden sie im Quartier Mouffetard in der Rue Lhomond nahe dem Contrescarpe eine kleine Wohnung haben. Albrecht zeichnet viele Stunden Pläne in einem Architekturbüro; Häuser in Massen sind zu entwerfen, Wettbewerbe zu bestreiten: Die große Maschine Bauindustrie wird entlang der Gedankenlinie von Le Corbusier Häuserschlangen absondern und Satellitenstädte von gewaltigen Ausmaßen. Mittags oder abends mit Albrecht, sie treffen sich mit Kollegen ungeplant, im schmalen Restaurant des Algeriers, beim Chinesen gegenüber, im kleinen Laden mit den Steak-Frites und der lärmenden jungen Kellnerin: Un Chlorophyll pour le petit! Das heißt, einen Salat für den Herrn. Eva-Maria zeichnet die Stadt, behaglich eingerichtet auf der Terrasse de Café (des Bonaparte, des Flore, des Dauphin, des La

Choppe) oder auf der Bank (im Park Luxembourg, auf der Place Monge, im Jardin des Plantes), oder von kleinen Zimmern unter den Dächern aus sucht sie die Perspektiven in den Straßen, zwischen den Alleebäumen, über den Dächern. Was sie sieht, ist in Strombolifarben festgehalten, in Ölkreide auf Papier oder gemalt auf Pappen: stürzende, steigende, sich bäumende Linien unter einem frühlingsseidenen Himmel. Das Paris der Eva-Maria wird im Maison de France ausgestellt.

Wegen des Kindes kehren sie nach Berlin zurück und wegen einer Stellung im Architekturbüro Hans Scharoun. Sie ziehen in eine Altbauwohnung in Charlottenburg. Aufbauzeit, Aufstiegszeit, Ausbreitungszeit. Schnell und viel wird gebaut, Schlechtes und Gutes. Ein Kollegen- und Freundeskreis, weit und breit, viele Menschen stellen sich ein, Zeichner und Drucker, Architekten und Dichter und Denker, Sonderlinge auch. Ihre erste Tochter wird im Jahr 1964 geboren, und Eva-Maria bleibt zu Hause zurück, sie spürt die Feste aus den Erwähnungen, hört die Namen: Große Feste, in hastig leer geräumten Wohnungen, gewaltige Gemeinsamkeiten bis zur Trunkenheit, bis zum frühen Morgen, wo in den engen Winkeln der Küche, nahe den letzten Weinflaschen, aus der Müdigkeit die großen Behauptungen aufsteigen und die breiten Gedankenlinien aus den Mündern kommen; eine große, allumfassende Klarheit erscheint, ihr folgt unmittelbar: das Vergessen. Manchmal zieht Eva-Maria ein leuchtendfarbenes Kleid an, setzt einen breitkrempigen Hut auf und erscheint, das Kind im Arm, mitten unter den Menschen, als ihr Mittelpunkt für kurze Zeit. Reiche Zeit, wachsende Zeit. Das Unrecht ist weit weg, woanders. Armut hat sich versteckt und verringert.

Eva-Marias zweites Kind wird geboren, 1967, Eva-Marias Bilder entstehen in gleichmäßiger Kette.

Da schlägt Politik ein. Die Menschen um sie her, Kollegen und Freunde des Mannes werfen sich neue Worte zu, schwierige, befremdende Begriffe, sie reden plötzlich eine fremde Sprache; sie fügen unbekannte Zusammenhänge grob aneinander, bemerkt Eva-Maria, sie verketten sie zu grundlegenden Thesen, tragen sie anhaltend vor, Gefolgschaft fordernd, mit herrschsüchtiger Schlagkraft. Von der Sinnlosigkeit der Kunst, ja insbesondere des Malens, reden sie, seiner Anpassung und Selbstentäußerung – als gefällige Tapete für die Selbstbefriedigung bürgerlicher Heimgestaltung. Die Mitgebrachten des Mannes wollen politische Beiträge erzwingen, Begründungen aufdrängen, allen Ereignissen die Worthülsen ihrer neuen Überzeugung überstülpen. Eine Wanderhorde des Dreinredens, sagt Eva-Maria. Sie meint, die Verbindung zu den Arbeitsfreunden ihres Mannes hat sie abschneiden müssen. Ihre Freude ist die Lust am Plaudern. Sie, die in ihre Rede nur wenige, wohlgewählte Wortfiguren hineinstellt, sie liebt die mäandrischen Erzählungen der alten Freunde, deren auf die Spitze getriebenen Anekdoten und verschlagenen Andeutungen. Bei der Wanderhorde des Dreinredens war alles nur Kritik an den Verhältnissen, sagt sie, lachen durfte niemand. Wagner, meint sie, war schon immer anfällig für Systeme gewesen, die Zwänge ausüben. Sei es in der Baukunst doch nur das Diktat von Statik und Eigenart der Baustoffe – jetzt begibt er sich in ein Gedankengerüst, das die bildnerische Bemühung der Kunst endgültig abweist. Wagner will ohne Ästhetik auskommen. Eva-Maria zieht sich auf die Ausdrucksweise der Kinderwelt zurück, die Reihe der Puppenbilder entsteht. Das dritte Kind, ihr Sohn Adrian wird 1969 geboren. Die gegenseitige Wertschätzung hat die Eheleute verlassen. Eva-Maria kämpft mit der Waffe des Schweigens. Ohne gemeinsame Sprache leben, ohne Mitteilung. Die Verweigerung soll sie schützen, ihn verletzen.

1970 ziehen sie in eine Wohnung zur ebenen Erde in der Niebuhrstraße, eine jener Berliner Höhlen, wo sich die Zimmer an einen langen Gang reihen und im großen Eckzimmer sich die Wege treffen; Licht kommt aus dem Hof, von einem Himmelsausschnitt hoch oben. Eva hält einen großen Hund, über ihn gibt es Streit, mit den Nachbarn, mit dem Verwalter.

Ziehen Sie doch aus, sagte der reiche, elegante Kunstsammler, dem das Haus gehörte, und man störte die Kinder auf und die Hasen … weil Eva-Maria nicht hörte, nicht sah, nicht wollte. Sie ruhte in ihrem Mittelpunkt. Sie verweilte in der Wohnung, zwischen den Sammelstücken, in den unsichtbaren Schnittlinien ihrer Bilder. Menschen kamen zu ihr. Freunde immer noch: die Maler, die österreichische Clique von Dichtern und Musikern. Die Köpfe der Nachkriegszeit, die wir schon im ersten Berliner Leben gesehen haben, Künstler, die entlang von Grenzen neue Formen geprobt haben, Klangfarben, minimale Poetik, Dialektworte ins Dunkle gedichtet. Jetzt waren die Männer grau geworden und in den Medien bekannt und von ihren Experimenten müde. Ausuferndes Leben, der Umgang mit halluzinierenden Stoffen hatte sie schon lange aufgerieben. Jetzt waren sie oft auf Reisen, kamen zu Besuch mit anderen Gefährtinnen oder Gefährten. Immer noch Feste. Viele Feste bei ihr oder in den geschmückten Wohnungen der anderen. Sie tranken jetzt besseren Wein und manchmal alten Whiskey. Ein Trinken, geprobt in fernen Reiseländern. Eva-Maria in der Mitte der Freunde, in leuchtenden Gewändern. Mit gerader Sprache stellte sie den Freunden Zauberaufgaben.

Nehmt den mit der Wurst mit, sagte sie zu den Wienern, ich kenne ihn, ich kenn ihn nicht, doch zu meinem letzten Fest hatte der von der Freibank würzige Würste für die Suppe mitgebracht, statt Blumen zum Geschenk. Diesen Dichter bringt ihr wieder mit. Der verfluchte Trinkerpoet. So sah er sich selbst, hatte über seinesgleichen geschrieben, erkannte sich in der Reihe mit vielen – er der Sohn aus einer alten Wiener Winzerfamilie. Die Weinkennerschaft seiner Großeltern hatte sich in eine verzweifelte Weinnutzerschaft verwandelt. Der Wein trieb zur Euphorie, zum klaren Punkt der Einsicht voran, die, kaum zur lyrischen Äußerung qualvoll gewandelt, wieder im Nebel hinter den Abstürzen verschwand, und er, Gerald, hing nun in der Starre, in der Schwere, im Hass gegen die Mutter, gegen die Fesseln der Welt. Aber diese Abstürze geschahen nicht so oft in der Gemeinsamkeit mit Eva-Maria. Sie war alles, was er fürchtet, Mutter, blond, breit; sie lebte, wie er sich sehnte zu leben, in Ruhe, in Phantasie, in der Sicherheit ihrer Begabung. Er zog zu ihr. Sie fanden nach einer Weile Wohnung in Wilmersdorf. Eva-Maria malte Straßen und Plätze in Berlin, einfache Orte, mit einfachen Strichen in ihrer Poesie beschrieben, in ihrer Farbigkeit entdeckt. Stille Bilder. 1977 gebar Eva-Maria ihren Sohn August, der wurde ein schönes, goldlockiges Kind. Die drei anderen Kinder wuchsen aus dem gemeinsamen Leben heraus; Eva-Maria und Gerald reisten. Es starb die Mutter, die von Gerald so gehasste Frau, die ihm vieles verboten, ihn zu weihnachtlichen Besuchen gezwungen hatte, der er sich niemals widersetzen hat können und sich dafür selber hasste und zerstörte – diese Frau war tot.

1986, in Wien richteten sie das Haus ein. Fortgeworfen wurden die ausgetrockneten Lebensschichten der Mutter, hereinkamen Farben, Lampen, Puppen, Schatullen und Koffer. Freunde halfen, nisteten sich in Seitenzimmern ein und strichen bis in die Nacht: die Wände, die Stiege, die Leisten, die Möbel ... in Märchenfarben lila-rot-orange und dunkelgrün. Gerald arbeitete für den Österreichischen Rundfunk – machte Sendungen über Jazz und Lyrik, für weniger Geld und Sendezeit als erhofft. Gerald im oberen Zimmer zwischen sauber geschichteten Bücherstapeln, mit Aussicht auf den Ottakringer Friedhof, Eva-Maria in den verschachtelten Wohnräumen zur ebenen Erde und mit ihren Bildern unter dem Dach. Ein Hund wurde angeschafft, ein Bernhardiner. Eva-Maria sagte, ich will, dass der Hund im Garten steht – und nicht unter Buschwerk verschwindet. Der Hund wurde wild. Er bellte nicht, er brüllte. Er biss nicht, er warf die Besucher um. Taxifahrer pflegten zu flüchten, wenn sie den Hund sahen, Gerald blieb niemals allein mit ihm in einem Raum, das Kind August biss eines Tages den Hund ins Ohr. Daraufhin war er sein Herr.

Geralds freigewordener herumirrender Hass konnte sich nun auf den Hund legen – der Eva-Maria von Reisen, von Freunden, von ihm... abhielt. Eva-Maria kochte große Mengen billigen Fleisches für den Hund und führte ihn gelegentlich in den Keller, um zur ebenen Erde im farbigen Irrgarten die Freunde zu empfangen. Der Hund warf sich in regelmäßigen Schlägen gegen die Kellertür. Er hieß der Löwe von Ottakring. Geralds eingesammelter Vorrat an Hass kam mit dem Hund nicht aus – der sanfte Mann stritt mit den Dichterfreunden. Mitternächtliche Anrufe aus trunkener Wirrsal. Eva-Maria behütet ihren Sohn August, das letzte, noch bei ihr verbliebene Kind. Sie wacht über den Hund und merkt sich die Reden. Sie beobachtet die schwere, immer länger anhaltende Trunkenheit des Dichters. Der will den Hund nicht mehr ertragen. Eva-Maria zeichnet und malt Wiener Stillleben: Häuserwände, Schloss und Park, darin eingestreut Versatzstücke der Monarchie, Sissy-Bild und Kaiserbüste, fremd und leer mit schwarzen Augen, im Denkmalrosa, die schwarzen Leiber der Paradepferde aufgebäumt. Hin und wieder kleine Ausstellungen, selten verkaufte Bilder; hin und wieder ein Fest im Garten oder mit der Trinkerrunde beim Schwarzen Mohren am Spittelberg.

1998 starb der Hund, still unter einem Blütenbusch. 1998 begann das Qualjahr für den Dichter-zum-Todekrank, er litt an Erstickungsanfällen, war oft im Krankenhaus, die Ängste vor den Gefahren der Nacht stiegen. Ein Luftröhrenschnitt wurde notwendig. Die Ärzte gaben Morphium – so blieb er im Dämmerzustand, leise – und starb im Frühjahr 1999.

Den Dichter Andreas hatte Gerald schon von Kind auf gekannt – der Winzerenkel den Sohn des Nervenarztes, der aus der Irrenanstalt zur Schule kam; der Ältere, der im Dienstpavillon auf der Höhe wohnte, war ein Wunderkind und schrieb aus steiler Perspektive erste Gedichte, in die Welt gesetzt in einem schmalen Buch. Eva-Maria erinnert sich, sie habe ihn zum ersten Mal 1976 bemerkt, unter anderen Dichtern und später immer wieder bei Kulturereignissen und Lesungen. Aus seinen Tagebüchern weiß sie, dass er sehr beeindruckt von ihr war; er schreibt über die Frau mit den großen Hüten und der wohlgeformten Sprache. Dann hatte seine Frau ein langes Sterben und im Krankenzimmer nebenan litt der Dichter Gerald. Die Überlebenden berieten sich und stützten sich und gingen spazieren – durch die Alleen und über die Wiesen dort draußen, die seine Kindheitsgefilde gewesen waren, die er vom Dienstpavillon aus durchstreift hatte, auf der Höhe über der Irren-Stadt Steinhof, die einer vorausschauend für die wachsende Millionenstadt und für die Krankheiten einer modernen Zeit dort gebaut hatte.

Eva-Maria zeichnete den Dichter Andreas. Es ist ein wunderschönes Porträt: der Mann im pflaumenblauen Pullover, im Silberhaar, mit einem strengen Blick nach innen, beschützt von seinen Texten. Die Galerie der Köpfe. Das ist ihre Geschichte: Eva-Maria sollte das Pflichterbe an die Tochter des Gerald aus seiner Ehe mit Elfriede auszahlen – einen Teilwert des Hauses, ein Betrag undenkbar aufzutreiben. Das Haus verkaufen? Das Erbe der alteingesessenen Familie für den späten Enkel zerstören, das Gleichgewicht verlieren, auf die Suche gehen, sich auf unbestimmte Orte einlassen … tüchtig verhandeln … undenkbar für Eva-Maria. Man besprach mit Freunden viele Pläne. Am Ende gewann die Idee, die Autorenversammlung zu porträtieren ein Fördergeld wurde gefunden, eine Bewahrungstat gesetzt – für jeden Kopf zwei Tage Arbeit, und 25 Köpfe waren es schon. Die Bank beantwortete den Vertrag mit Vertrauen und gab den Kredit, den aus den Kopfhonoraren langsam zurückzahlbaren.

Und hier hängen sie nun, die Köpfe, die Erstarrten, abweisend auf fremde Gefahren Starrenden, in diese Zeit nichts mehr Rufenden, vor der Zukunft Verstummten. Die Gesichter nur bezeichnet durch krasse Formen von Nase, Mund und Haar, durch Gedankenlinien, fremd und hart. Ausgerissene Texte, schwebende Versatzstücke in den Bildern – Rätsel, Menetekel. Nur der Dichter H.C. schaut sanft, traurig in sich versunken, sein Gesicht nur Lebensherbst und Bart und dieser Blick nah dem Tod … und der Dichter Andreas beredet den Betrachter – er festgehalten in seinem Wert, in seiner Güte, von der Liebe der Frau.

Sie wohnen weit auseinander durch viele Stadtteile getrennt, und weil der Dichter Andreas Bahnhöfe nicht betritt und in Züge nicht steigt, sind sie auf Telefongespräche angewiesen und auf seltene Besuchsfahrten mit dem Taxi; kurze, kostbare Zeiten haben sie miteinander, die Gespräche kostbar machen und jeden Augenblick erlebnisreich. Die andere Zeit lebt Eva-Maria allein mit ihrem Sohn in den Mäandern ihrer Lebensspuren, in der Schönheit, die der Zerfall zurücklässt: da ein Schal und dort eine Schüssel, Landschaften über Tische und Kommoden wuchernd, nur selten aufgestört durch unerwartete Handlungen … und draußen wartet der Garten in Ruhe und ständiger Veränderung – mit dem Schrecken des Unvorhersagbaren.

Post Scriptum:
Eva-Maria starb in einer warmen Juninacht in ihrem Haus im Liebhartstal und wurde an einem Regentag im Juli begraben – auf dem Friedhof dort drüben am Hang, das Grab nur durch eine Reihe fremder Gärten getrennt von ihrem Garten.

Isolde in der Stille

In Isoldes stillem Zimmer hängt ein Bild von Schloss Krischanowitz. Ein Schlösschen zeigt die Photographie, von Efeu umrankt, mit hohen schmalen Fenstern, hinter denen wir weite, lichte Räume ahnen; das Personal hat sich auf der Freitreppe für den Photographen aufgestellt, mit frischen weißen Schürzen angetan, mit geordnetem Haar. Das kleine Glück von Krischanowitz. Wieso bist du dort geboren und aufgewachsen, Isolde?

Eigentlich war es nur ein Gutshof, erzählt Isolde, eines dieser schlesischen Herrenhäuser auf kargem Land. Aber mein Vater hatte es gekauft, weil es ihm dort gefiel, weil er es einem Stadthaus in Breslau vorzog, und die Einheimischen nannten das Haus eben Schloss. Schreiberhau, schlesischer Himmel.

Isolde erinnert sich an eine glückliche Kindheit. Sommerwärme, Herumgetragenwerden zwischen hohen Bäumen, Menschen auf Besuch, das Lachen, Klirren der Gläser und die Geschichten in der Küche erzählt, wenn Isolde zusah, wie Speisen bereitet wurden. Der Gleichklang der Tage, Nähe zu den Stimmen, die Wärme des Herdes. Isolde zwischen den Katzen. Herbstlaub, Winterkälte, Schneelicht. Wunderbar war die Stille. Das Zimmer weiß und hell mit weißlackierten Möbeln, weißgestrichenem Holzboden und wehenden Musselinvorhängen vor den Fenstern. Eine alte Eiche stand davor.

Ein großer Baum steht vor dem Fenster von Zimmer Nummer 105. Er schirmt den Blick auf die Stadt ab. Nur ein Stück leere Straße bergab können wir sehen, der Verkehr der Großstadt Wien ist leeres Dröhnen, dunkles Rauschen in Isoldes Träumen. Die Luft steht still. Die Zeit steht still. Immer der gleiche Geruch und im Gleichmaß des Tages die wiederkehrenden Geräusche des Heimbetriebs. Auf der Insel der Ruhe: Isolde. Warum bist du hier? Ich wollte niemandem zur Last fallen, nicht meine Söhne beschweren, mit eiliger Suche, wenn es unvermutet so weit sei, dass ich hilfsbedürftig würde. Ich habe meine Wohnung freiwillig und vor der Zeit und die Dinge selber ordnend verlassen. Ich hatte Glück. Ich war empfohlen von meiner Freundin Erika, der Schriftstellerin, die selbst Bewohnerin dieses Altersheimes ist. Immer hatte ich Glück im Leben und eine Empfehlung. Etwas oder jemand beschützt mich. Etwas bürgte für mich in der schlimmen Zeit und etwas nach dem Krieg, als ich Arbeit brauchte und mittellos war, und niemand Geld oder Sicherheit hatte und kaum Arbeit fand, da war ich den Amerikanern zur Hilfe empfohlen. They were seeking for the right people. In mir sahen sie eine correct person, man vertraute mir und gab mir Arbeit und Lebensmittelkarten. Was hast du für die Amerikaner gemacht? Ach, eigentlich war ich zu nichts nütze, ich habe dies und das gemacht. Geholfen, übersetzt, vorbereitet. Ich sei zu nichts nütze, sagte immer wieder meine Mutter zu mir. Sie war Wienerin, eine kluge, schöne, unterhaltsame Frau – mir fremd. Sie hatte wenig Sinn für mich, und ich wollte anders sein als sie.

Ein erlebnisreiches Leben führte meine Mutter, sie war der unterhaltsame Mittelpunkt der Gesellschaften von Schreiberhau und Breslau. Vormittags kümmerte sie sich ausgiebig um die Gestaltung ihres Lebens, nachmittags besann sie sich auf die kommenden Ereignisse, abends war Gesellschaft, die Morgen verschlief sie. Ich – das Kind – sah sie zu Mittag. Mein Vater dagegen war ein stiller Mann. Ein gescheiter Mann – jeden Morgen fuhr er zur Bibliothek in Breslau, um seine Forschungen zu betreiben. Er hatte viele gute Gedanken über das Wesen der Wirtschaft, er ging den klugen Gedanken anderer nach, entdeckte das älteste Werk über die Börse, und weil es in spanischer Sprache geschrieben war, lernte er Spanisch, um es zu übersetzen. Wenn er nach Hause kam, war es, als käme er von fernen Reisen zu uns, die Sinne noch an fremde Welten angekoppelt. Ich war ein gemütliches Kind, nicht sehr gescheit, kein Partner für diesen Vater. Ich lebte in dem großen Haus ein wenig hilflos, weil nutzlos. Die von mir bewunderten Fertigkeiten der Dienstboten hatte ich nicht, die Reden des Vaters verstand ich nicht, das Lachen der Mutter riss mich nicht mit. Aber ich war ein zufriedenes Kind zwischen diesen Gesprächen und Ereignissen, und ich wurde älter und kam ins Pensionat und hatte Freundinnen und an den freien Tagen die Gesellschaft der Cousins und Cousinen, und zu den Festen gab es die großen Tischrunden mit den Reden der Onkel zu Besuch aus fernen Gegenden. Die Verwandten und die Freunde der Familie! Sie wussten zu plaudern, zu unterhalten, zu musizieren … wundersame Geschichten wurden erzählt, aus New York, aus Rom, aus Budapest. Und da war einer, der spielte Klavier, unglaublich, unaufhaltsam. Er wurde bald auf zwei Kontinenten berühmt, aber bei uns spielte er nur für den kleinen Kreis, die Melodien schwollen und schwanden, die Spannung stieg, die Kapriolen sprangen, bis die Auflösung der Melodie sie erschöpfte. Erzähle, Isolde, sag uns die Geschichten an. Isolde weiß nichts weiter zu erzählen. Die Worte sind verschwunden, die Bilder zum Stillstand gekommen, haben sich zusammengezogen zu diesen wenigen: das weiße Zimmer, die Küche mit blauweißen Fließen, die weißen Schürzen der Dienstboten; der lange Tisch, die Hängelampe, die samtroten Bordüren im Salon, der Kamin, die Fauteuils. Die Menschen erstarrt, erschrocken, von der Zukunft betroffen.

Als Isolde geboren wurde, löste Deutschland die Marokkokrise aus, die zur Festigung der französisch-belgisch-britischen Entente führen wird, der russisch-japanische Krieg kam zu seinem Ende, und Einstein veröffentlichte die spezielle Relativitätstheorie. Isolde würde ihn später bei einem Cousin in Berlin kennen lernen. Als Isolde in Krischanowitz ein kleines Kind war, vom Personal geherzt und verwöhnt, da schwirrten im Haus Gespräche über Bündnisse und Freiheiten, über Nationen, Rüstung und Technik, über Krieg noch fern, Krise drohend. Tripolis, Balkan, Korea. Erregung schwang in den Stimmen der Erwachsenen und schlimme Erwartung, aber auch Zuversicht über die Sicherheiten der Geheimdiplomatie in einer Wachstum fördernden Zeit. Wir wissen: Reichtum war da, angesammelt von der Generation der Großeltern, die aus den Provinzen der Monarchie westwärts gezogen waren und Handelskontore eröffnet, Firmen gegründet, Waren umgeschlagen und Geld angesammelt hatten. Also lebten Isoldes Mutter Lilly und ihr Mann Otto die Freiheiten des neuen Jahrhunderts, förderten Kultur und Wissenschaft und pflegten Bekanntschaft mit Musikern und Dichtern, Gerhard Hauptmann kam auf Besuch und öfter noch sein Bruder Carl, er schloss Freundschaft mit Otto. Wir kennen eine Photographie, braunvergilbt und edel, silbergerahmt, in Isoldes Zimmer, sie zeigt die beiden Herren, im Gespräch gestört wenden sie dem Betrachter freundliche Gesichter zu.

Im Sommer 1914 ist Isolde neun Jahre alt. Als der Krieg ausbricht, erfasst Neugierde die Freundinnen wie Fieber.

Isoldes Schulfreundinnen begeistern sich über die Vormärsche, es kreisen die Namen von Städten und Ländern – Brüssel, Tannenberg, Togo, Deutsch-Südwest. Fähnchen werden auf Landkarten aufgesteckt. Die Onkel der Isolde reden anders – vom Umschlag der Bündnissicherheit, vom unüberschaubaren Krieg, von der Sattheit, die zu voreiligem Handeln führt, vom angestammten Hass und von neuartigen Kampfmaschinen, die siegen werden, während die Staatsfinanzen zerbersten. Bewegung und Stillstand, seltsame Bedrohungen. Isolde hört, dass deutsche Luftschiffe über London schweben. Die Märchenländer ihrer Kindheitsträume seien Kriegsherde, Kampfeszonen: Gallipoli, Champagne, Masuren, Persien. Isolde und ihre Freundin Carola, sie entziehen sich diesem Wirrsal … eingehüllt von schönen Vorstellungen sind die Nachmittage, von Gedichten gegenseitig vorgelesen.

1916 stirbt der Kaiser. Isolde liest über die Friedensvorschläge des Präsidenten Wilson und trägt sie ihrer Mutter vor: ein Völkerbund, offene Diplomatie, offene Meere. Du bist nicht gescheit, sagt Isoldes Mutter. Was uns Juden trägt, ist die kaiserlich-königliche Monarchie, die gibt die Freiheit und den Boden für Kultur – und schau, wie viel Kultur wir haben. Aber es gibt keine Zukunft, wohin sich diese Monarchie retten kann, kein Muster, wie diese Völker zusammenleben sollen, wenn sie der Mythos des Kaisers nicht mehr zusammenhält. Der Präsident im Westen dort kann das nicht wissen und du bist nicht gescheit. Isolde hört die Reden über Verdun. Wie viele Tote erträgt ein Volk? Wie viel Materialverlust hält die Wirtschaft aus? Die Fünfte Isonzo-Schlacht: vergebens. Ordnungslose Zahlen, begriffsfreie Größen. Verluste – unvorstellbar. U-Boot-Krieg. Die Vereinigten Staaten im Krieg. Siehst du, Isolde, erklärt der Onkel, die Technik ist stärker als alles andere; sie will allumfassend, sie will zum Siege angewendet werden. Jetzt ist die Monarchie nicht mehr zu halten, sagt der andere Onkel, ausgesetzt ihrer Unbeweglichkeit ist sie, preisgegeben dem dumpfen Nationalitätenwahn. Keine Sorge, reden die Cousins, wir hier vor den Hungerwellen sicher, weil beschickt und beschenkt von den Cousins in Holland und Dänemark und Ungarn und England …. Keine Sorge, in Salzburg gründet Max Reinhardt Festspiele, die Mutter spielt Musik von Richard Strauss am Klavier, Isolde hätte gerne ein Musikinstrument spielen gelernt, aber man hat ihr keines gegeben. 1918 schlägt Kaiser Karl einen Bundesstaat Österreich vor: zu spät! Jedoch, es betrifft der Mutter Welt. Isolde aber fühlt sich als Preußin. Isolde, nun dreizehn Jahre alt, lernt die Karte von Europa neu, die Namen der Staaten, die anderen Grenzen. Die Familie hat – beraten vom ungarischen Cousin-Bankier – ihr Vermögen gerettet; Schlesien bleibt ruhig; im fernen München kreist der rote Spuk. In Thüringen, Sachsen und Hamburg brodelt der Aufstand, die Familie ist besorgt über die Inflation, Isolde glaubt an das ordnende Geschick von Stresemann, an die Kraft des Völkerbundes und die Idee eines internationalen Beistandspaktes. Jeder mit jedem verbündet, das Böse nur noch Fiktion – der Geist Rathenows, aber Rathenow ist ermordet worden, um deine Insel friedlicher Möglichkeiten, Isolde, zieht Zorn auf.

Isolde erinnert sich nicht mehr an die gesprochenen Worte, sie erinnert sich an das glückhafte Gespür von Weite … die Sinne aufgespannt zur ruhigen Aufnahme der Gedanken, während der Zug nach Westen rollt. Erzähle von den Fahrten nach Berlin, Isolde. Oh ja. Die vielen Sonntage bei den Cousinen. Der Zug fährt durch sanft rollende

Landschaft und später an den Säumen der Kiefernwälder entlang. In einer Schöneberger Wohnung: Musik und das Spiel von Licht und Schatten. Ein Mann spielt Geige, sein Gesicht im Spiel angespannt, dichte Haarbüschel stehen über der Stirn, ein Bogen buschiger Brauen über den feucht glänzenden Augen … in stolzer Haltung setzt der Mann den Geigenbogen an, ich sehe ihn vor mir, sagt Isolde, in jener Haltung, sie erzwingt auf den Punkt genau den Ansatz des Bogens für den Anfang – gewonnen ist die Spannung für eine lange Kantilene, Albert Einstein, an Sonntagnachmittagen zur Kammermusik zu Besuch bei der Cousine. Worüber haben sie gesprochen, diese Menschen damals? Über den Orientfrieden, über die Sicherheiten, über die Einigung von Tanger und Fiume … über Lernwege eines neuen Europa immerhin, und die Gegenrede wusste: da war Mord in Ägypten, ein Putschversuch in München, da bedrängten nicht einlösbare Reparationen. Das Deutschland in der Umklammerung könne sich nicht zu einer ruhigen Gangart erholen. Lieber an Amerika denken, Theodore Dreiser lesen und Scott Fitzgerald. Woran hast du gedacht, Isolde? Ich spürte die Höhe des Augenblicks, die Verdichtung der Gedanken und Gefühle in den Zimmerfluchten der Berliner Wohnungen; zwischen schweren Möbeln und unter kostbaren Bildern entstand ein Zusammenhalt aus unbesprochener Nähe, der zerfiel im Dämmer des Abends und verband sich neu an Tagen danach …

Es ist ein Bild in Isoldes letztem Zimmer, das zeigt das offene weiche Gesicht der jungen Frau, und weich und rund fallende Locken. Die braungetönte Photographie lässt die Fülle und den Glanz der roten Haare ahnen – dieses Haar hat die Entbehrung und Anstrengung der späteren Jahre nicht zerstören können …und es ist die Glätte des Widerstands, der unzerstörbaren Zutraulichkeit zum Leben, die in diesem Gesicht geblieben ist, auch danach … Wer hat dich damals beraten, Isolde, wer hat dich geführt, dir die Lust am Gescheitsein angestachelt? Was waren deine Pläne? Überall hättest du zu Hause sein können, Isolde, überall hättest du Halt gefunden. Der Theatermensch, wissen wir, bewarb sich erfolgreich nach New York, der Klaviervirtuose zog nach London, der große Philosoph heiratete deine Schulfreundin Carola, und sie werden später in Israel leben. Isolde schüttelt den Kopf: Ich hätte mich am liebsten als Preußin gefühlt – als eine jüdische Preußin im weltläufigen Netz eines geistigen Preußentums.

Doch ich war zu nichts nütze, sagt Isolde in ihrem klaren Weltbürgerdeutsch, deshalb hat man mich zu Freunden nach Amsterdam geschickt, ich sollte wenigstens dort in der Firma was lernen …. Da war dieser Mann aus dem weltläufigen Wien, Ludwig, der junge geniale Forscher. Er führte Isolde heraus aus der Stille ihres kleinen Zimmers, aus der Emsigkeit des Amsterdamer Bankhauses. Ludwig – lustig – Ludwig – drollig, ein beseelender Mensch, wenn er erzählte; ein Licht ging auf, bunte Farben überall, die Geschichten atmeten Überraschung, das Unerwartete lauerte hinter der Kippung vor dem Ende. Ludwig konnte spielen, er wusste zu inszenieren. Er hielt auf der Straße an, um ein Erlebnis nachzustellen, unbekümmert um die Zuschauer, ja, er erzeugte sie, holte sie heraus, er hob sein Publikum, er ließ es fallen. Seine Einfälle machten für Isolde jeden Tag eine neue Welt, auf unerwartet aufgeschlagener Bühne – und sie ist ein lächelndes, ein treues, ein immer anwesendes Publikum. Sie heiraten, sie ziehen nach Hamburg. Ludwig wird die Hanse studieren, das Stadtsein ergründen, er wird in Hamburg forschen, ein bedeutender Wissenschaftler werden, das gilt als sicher – wurde er doch schon 1910 summa cum laude zum Doktor der Philosophie promoviert. Er arbeitet gleichmäßig, belastet sein Talent. Isoldes Mitgift bereitet ein noch freieres tätiges Leben. Isolde in der plüschenen, warmfarbigen Wohnung, umsorgt und behütet. Ludwigs lange Reden: Die Monarchie, ist sie nicht das Firmament jüdischen Lebens? Weit verstreut gegen Osten, aber herangezogen in den strahlenden Mittelpunkt Wien – diese Ströme von Kulturen, von Juden bewegt, geraten in den Bann der Weltstadt, das Wien der Jahrhundertwende, ein Stern der befreiten Kulturen, getragen von befreiten Juden – ist er, Ludwig, nicht ein Kind dieses Judentums, er, der Sohn eines frommen Händlers, Enkel eines Frommen – er selbst ein Fin-de-siècle Mann von dem Phantasiestoff aus der Spätzeit der Monarchie. Aber diese, unsere geistige Heimat ist verloren, Isolde, verloren unser Daseinsgefühl. Die junge Ehefrau, in der Zuneigung zu diesen Gesprächen begreift sie die Wiener Eigenart ihrer Mutter, deren Suche nach Heimat in den Salons … die Kultur der Vergeblichkeit. Ludwig-freundlich, erklärt Isolde das Theater jener Zeit. Er gibt ihr Joseph Roth zu lesen. Ludwig-traurig, ein Schatten schiebt sich in sein Hirn, wird größer mit der Zeit, mit den Rätseln der Zeit.

In Italien verbessert sich die Machtmaschine, Carmona richtet sich in Portugal ein, Pilsudski herrscht in Polen. Böse Zeichen, sagt Ludwig, Isolde hält entgegen, da sei auch der Graf Coudenhove und die Idee des Paneuropa. Joseph Stalin ist, sagt Ludwig, der festigt die Macht, seine Mittel sind erfolgreich, das Europa dort ist nur Idee. Hindenburg ist immerhin ein gemäßigter Mann, meint Isolde, Salazar tritt auf. Siehst du, sagt Ludwig, Faschismus festigt sich überall. Aber Isolde hält ihm die Ideenkräfte entgegen – die Pläne des Franzosen Briand für ein vereinigtes Europa oder die Ablösung der britischen Macht im Commonwealth. Deine Sehnsucht nach einer pankulturellen Welt, Isolde, ist zu nichts nütze. Der Krieg ist ein ständig mitwohnendes Gespenst, vorher, fern, in Abessinien, jetzt, fern, in China, bald wieder nah. Isoldes Ehe in Hamburg, in zwei Jahren bringt sie zwei Söhne zur Welt. Im Licht der Lampe, Ludwig schweigt. Die Gedanken bedrängen ihn, wie sie fassen, wie in ein geordnetes Werk fassen. Angst vor der nächsten Stunde. Ausgeliefert den Ahnungen über den Fortgang der Welt.

1932 wird Paul Hindenburg wieder gewählt. Adolf Hitler erhält 13.4 Millionen Stimmen. Die Kommunistische Partei Deutschlands und die Nationalsozialistische Deutsche Arbeiterpartei halten zusammen die Mehrheit der Stimmen. In Österreich übernimmt Engelbert Dollfuß die Macht und wird einen Ständestaat errichten, in Ungarn regiert der rechtsradikale Gyula Gömbös. Unversöhnliche, erbitterte Kräfte, sieht Ludwig, zerren am Bestand Europas, Demokratie setzt sich nicht durch. Die Geschichte, Isolde, hat uns die geistige Heimat genommen und sie lässt uns auch nicht den Restbestand an Freiheit. Isolde schlägt vor, nach Kanada zu gehen, wie zwei ihrer Cousins. Ludwig will nichts hören: wir werden uns nicht in eine europaferne Kultur, in eine fremde Sprache begeben, das hieße doch, sich wegwerfen, Selbstmord bei Lebzeiten, nein!

1933 wird Adolf Hitler Reichskanzler. Notverordnungen werden ergriffen, Ludwig hofft auf Widerstand in den großen Städten, jedoch die Gleichschaltung beginnt. Ludwig wartet auf schnelle Selbsterschöpfung. Mit dem Reichskammer- und Schriftleitergesetz und mit dem Gesetz zur Wiederherstellung des Berufsbeamtentums wird Juden kulturelle und hoheitliche Tätigkeit verboten. Ludwig begreift: die freie Insel der Freien Hansestadt Hamburg schmilzt, geht verloren, Spielraum ist nicht mehr, Isoldes Familie drängt sie auszuwandern. Wohin? Isolde sagt, lass uns weit wegziehen, auf einen anderen Kontinent. Ludwigs Zorn entlädt sich: Ich hasse die Natur, sagt er, und ich hasse die Weiten dieser anderen Kontinente, ich will nicht der Großspurigkeit und Härte der Amerikas ausgesetzt sein oder der Unverständlichkeit Asiens. Afrika machte mich todkrank. Und wie lange, glaubst du, reicht unser Geld? In Europa ist kein Ort für uns nirgendwo. Faschistische Diktaturen in Ungarn, Jugoslawien, Rumänien, Bulgarien, Griechenland, Polen, den baltischen Staaten. Demokratisch bleiben zwar Holland, Belgien und Luxemburg ... aber ihnen ist der Krieg von Deutschland her nah, das ahne ich. Skandinavien ist abweisend, kalt und fremd, und England? Ja, England! In diesem Klassenstaat mit schwachsinnigen Reichen und ordinären Armen möchte ich nicht leben ... niemals in England, dem Narrenspiegel, nein. Mit jedem Land, das du nennst, schwindet die Vorstellungskraft, schwächt sich mein Mut. Ich bin nur dort zu Hause, wovon nichts mehr übrig ist, in Altösterreich...

Im Juni 1934 ist Adolf Hitler in Venedig, er und Mussolini garantieren den unabhängigen Bestand von Österreich. Am 2. August stirbt Hindenburg. Nach einer Nacht der Überlegungen entscheidet Ludwig: Ist das Theater nicht mein geistiges Zuhause? Ich werde über Max Reinhardt schreiben. Um die Zeit und den Ort besser zu spüren, werden wir nach Salzburg umziehen. Warum nach Salzburg,

Ludwig? fragen wir. Ja, ich weiß, dort hat sich ein autoritäres Regime eingerichtet. Aber solche Machtgebilde haben etwas Zuverlässiges, Vorherberechenbares an sich. Auch gilt ihnen der jüdisch-liberale Weltgeist nicht viel, der ist auf Flucht und Kulturwechsel angelegt und den Nationalisten von Grund auf ein Gräuel. Aber was gilt der jüdisch-liberale Geist mir? Zumindest jener Zweig, der sich radikalen sozialistischen Zukünften verschreibt, ist mir fremd. Vertraut ist mir alles, was noch die Züge der Monarchie trägt, und das ist das Kontemplative und Traditionen Sichernde – und wo lebt es noch? Im österreichischen Katholizismus. Und ist meine Mutter Betty, die arme böhmische Elisabeth nicht durch meinen Vater vom katholischen Glauben abgekommen? Also ist es nur gerechter Ausgleich, wenn wir dorthin zurückgehen. Warum in ferne Geographien ausweichen, wenn wir uns auf eine Insel beharrenden Geistes retten können. Und warum sollte die heimatliche Umgebung ihrer eigenen Mutter für Isolde fremd sein und nicht annehmbar? Noch im August 1934, rechtzeitig zur Einschulung des älteren Sohnes zogen Isolde und Ludwig nach Salzburg.

Mein geliebtes Anif, sagt Isolde: die bewaldeten Berghänge wie schützende Wände, die von Schneeadern gezeichnete Linie des Untersbergs als Schmuckbild über den Häusern, die Alleen, das alte Scharfrichterhaus, Schloss Leopoldskron. Und drüben leuchtend der Nonnberg. Lange Spaziergänge, ein Leben nach Maßen. Niemand lädt uns ein, niemand trifft uns zum Plaudern. Eine unsichtbare Wand zu den Nachbarn, selbst zu den Menschen, die eine Aufgabe für uns zu erfüllen haben. Eine unsichtbare Wand auch zwischen den Schulbänken. Eine Frage nur, ein zweifelnder Satz gesprochen, und sie würden sichtbar werden, diese Wände, hart, schmierig, ekelerregend. In Salzburg weiß jeder, wer der andere ist. Da leben die Kleinen und die Frommen, den Traditionen des katholischen Österreich Verbundenen und dort die Wohlhabenden, die den Kitzel einer neuen Zeit spüren wollen, alle kennen sie den Namen der Veränderung, folgen den Formeln, die eine knarrende Stimme hinter der Grenze verkündet. Man weiß, wer diese zugezogene Familie in Anif ist, man spricht es nicht aus. Es ist eine Rücksichtnahme, dass man den Namen nicht sagt: Juden. Ludwig braucht dieses Schweigen nicht wahrnehmen. Die Kinder sind getauft, sie nehmen am Religionsunterricht teil. Isoldes Leben ist durch die Ordnung der Tage gefestigt. Sein Leben als Privatgelehrter ist durch das Diktat der Gedanken bestimmt. Sein Schreiben handelt von den Grundlinien des Theaters. Ist die Wirklichkeit der Verstellung nicht eine herausgehobene, weil gestaltete, weil gewollte Wirklichkeit? Theater, Kunst des Augenblicks, in der Einheit von Publikum und Erzeuger nicht konservierbar, in seinem Zauber nicht nachmalig übermittelbar … das Theater ist die hohe Form der Philosophie des Augenblicks – die einzige Art, das Leben zu ertragen. Er muss das Theater als eine seiner Wesensart verwandte Sphäre durchschauen. Der ungreifbare Augenblick als beste – vergebliche Lebensäußerung. Nur der Augenblick ist. Nachdenken über den Augenblick, Nachempfinden ist Blässe, ist Wahn. Der gelebte Augenblick ist aber von grellen Nebengeräuschen gestört, den Lebensäußerungen der Nachbarn, dem Toben der Kinder, den Schlagzeilen der Zeitungen. Die Philosophie des Augenblicks ist die Philosophie des unaufhaltsamen Verlusts. Isolde versteht, dass Ludwig Schmerz empfindet vor der Unerträglichkeit des Seins.

1935 werden die Nürnberger Rassengesetze erlassen, Italien beginnt den Abessinien-Krieg, in Japan richtet sich eine faschistische Regierung ein. 1936 beginnt der spanische Bürgerkrieg, und die Hoßbach-Protokolle über Adolf Hitlers Kriegspläne werden bekannt. 1937 schreibt Papst Pius XI die Enzyklika »In brennender Sorge…« und Ludwig sieht den geliehenen Halt in der österreichischen Gesellschaft schwanken, er empfindet, wie eine unbekannte Dunkelheit auf ihn und seine Familie zukommt. Er verbittet sich Trost; Isoldes Art, auf Völkerbund und Großmächte zu vertrauen und in den Absprachen und Verträgen Beruhigung zu spüren, macht ihn schwindlig. Die Familie Isoldes rät mit Nachdruck zur Flucht. Diesen Angriff auf seine Erwägungen weist Ludwig von sich. Seine Familie sei unter seinem Schutzschirm. Isolde, aufgelöst, drängt auf Entscheidungen. Ludwig verharrt schweigend, arbeitend, weite Wege gehend. 1938: Hitler regiert mit dem Ermächtigungsgesetz, Schuschnigg trifft Hitler in Berchtesgaden, macht weitgehende Zugeständnisse… vergebens. Gott schütze Österreich. Nunmehr verlangen Isoldes Verwandte unerbittlich die Ausreise, bieten Hilfe an, beziffern sie, organisieren sie. Ludwig verwahrt sich gegen alle Vorentscheidungen, er schreibt Verbotsbriefe, am Ende anwaltliche Untersagungsbriefe. Nun schweigt Isoldes Familie. Ludwig denkt nach. Nicht in der Schweiz nutzlos sein will er, nicht unter zahllosen verarmten Emigranten in England seltsamen Berufen nachgehen, nicht in fremden Lebensumständen dahintreiben, fern von seinen Studien, seinen Forschungsquellen. Ludwig wird seine bisherige Verteidigungslinie aufrechterhalten. Auf den Rat von Geistlichen hin bringt er die Kinder in den Schwarzwald, in eine Jesuitenschule. Eine braunvergilbte Photographie zeigt die beiden Knaben am

Kirchentor von St. Blasien mit einer Ordensfrau, die hat ein breites, lächelndes Bauerngesicht, sie trägt einen breit gefächerten Habit – und siehst du, Isolde, auch die Kinder tragen Ministrantenmäntelchen – beruhigende weiche Stoffe, beschirmende Rundkrägen, weiße, spinnwebfeine Kittelchen; die Kinder spielen mit silbernen Gerätschaften: Weihrauchfass und Weihrauchkanne, sie schauen vergnügt und blinzelnd in die Sonne – in vollständiger Verkleidung, in Geborgenheit, im Verborgenen. Die Kinder sicher hinter den Wänden des Ordens aufgehoben – von Isoldes Leben wissen wir nichts.

Isolde in der Stille. In unerträglicher Genauigkeit vergehen die Stunden, die Stunden … die noch nicht gelebten und schon entschwundenen Lebensmomente. Isolde spürt die Verlorenheit des Mannes in seinen Abwägungen, sie ahnt, wie sich ihm die Sinne verschieben, die Kraft für den nächsten Augenblick nimmt ab, Ludwig verfällt dem Sinnen und Warten. Nächte hindurch schreibt er – zur Gegenwehr. Dann wieder ruht er in Starre … Zorn bricht aus. Isolde zieht sich immer mehr zurück. Wir wissen nichts über deinen Schmerz, Isolde, nichts über deine Wehmut, über dein Alleinsein – ungeübt im Handeln, nicht vorbereitet auf Verteidigung, Durchsetzung oder Flucht. Was fühlst du, Isolde? Warum konnten wir nicht fragen, warum mochtest du nichts von deinen Leiden erzählen … Wir konnten nicht warten, wie du Sätze fändest, wie du sie aussprechen würdest. Jene Zeit ist der Wortlosigkeit verfallen, wir haben wenige Bilder behalten. Übrig bleibt die Erinnerung an blasse Eintönigkeit in einer fremden Stadt, voller Menschen, die lachen, reden, sich fürchten, an diesen zwei Menschen vorbei gehen – abgetrennt sind die zwei von allen Stimmungen um sie her – in zweifacher Einsamkeit allein. Die regnerischen Tage in Anif, die Berge verhangen, die Wiesen nass, die Schönheit des Festungsberges in der Sonne nicht vorstellbar, seine Umrisse im Trüben verschwommen. Niemand erwartet Isolde, nicht, dass ein warmer Salon sie empfange, ein Theatervorhang sich hebe, ein Trauerspiel beginne. Trägheit ist in den Mühen des Tages. Endlos dehnt sich die Zeit.

Es waren die Gedanken an die Kinder, sagt Isolde, die mich ausharren ließen. Für meine Söhne musste diese Adresse in Salzburg gehalten werden. Die Kinder sollten den Eltern nach Hause schreiben können, nach Hause denken wollen – heimkommen dürfen. Isolde will der Ankerpunkt für die Sehnsüchte ihrer Kinder sein. Sie allein mit den alltäglichen Wiederholungen und Vertrautheiten, Ludwig allein mit seiner Voraussicht: er ist überempfindlich, riecht und hört zu viel, alles stört ihn, die Fliege an der Wand, die Außenwelt mit ihren Sinnbezügen. Niemand wird ihn einstellen, ihm Arbeit geben, Nützlichkeit gewähren, sein Vermögen ist nicht münzbar. Isoldes Vermögen schwindet, die Familie muss beschützt werden – das Leben muss geordnet werden.

Vor dieser dunklen wachsenden Wand der Zukunft sucht Ludwig den einen Weg zur Öffnung in hellere Zonen. Er darf um der Familie willen nichts übersehen; jede Besserung muss beobachtet werden; auch schlimme Ereignisse führen Beruhigung mit in ihren Schatten. Polen besetzt die Olsa Provinz, die Ungarn marschieren in slowakische Gebiete ein und Tschechien wird von deutschen Truppen besetzt. Aber Ludwig hofft, durch diese örtlichen Beben werde Europa sich von seinen Spannungen erlösen. Es komme zur Ordnung durch Schrecken.

Nichtangriffspakte werden gepflegt, Garantieerklärungen ausgetauscht, Beistandserklärungen unterzeichnet. Ludwig erwartet von den Labyrinthen diplomatischer Handlungen die Einzäunung des faschistischen Europa. Jedoch die Diplomatie hatte nur die Fronten geordnet: Der Stahlpakt zwischen Deutschland und Italien erfolgt im Mai, der Beistandspakt zwischen England, Frankreich und der Sowjet Union am 27. Juli. Am 27. Juli trifft der Brief von St. Blasien ein: Angesichts widriger Umstände habe der Orden beschlossen, Schule und Internat zu schließen. Die Kinder wären bis spätestens Mitte August abzuholen. Das Leben im Sonnenschein des Schwarzwaldes, die Vorstellungen von Ruhe und dahingehenden Übungen – sie haben ein abschneidendes Datum.

Die Gefahr ist greifbar. Isolde denkt, nun wird sie die Zornausbrüche oder Schweigeschwalle des Ludwig nicht mehr hinnehmen. Doch die haben aufgehört. Betriebsamkeit herrscht. Ludwig fährt in den Schwarzwald und holt die Kinder heim, er befiehlt Isolde zu packen, Kostbarkeiten zu verkaufen. Isolde entscheidet Stunde um Stunde, was verschenkt und was zerdrückt, zerstört, verbrannt, weggeworfen wird und was bleibt. Die Erinnerungen werden aufgeteilt. Ein Schmuckstück und eine kleine grüne Vase aus Schreiberhau bleiben. Ein Schrankkoffer wird angeschafft, alles Lebensnotwendige ist geborgen in diesen Schubladen. Diese Ordnung wird das neue Leben haben. Mit Hilfe eines Freundes wird ein Visum nach England erlangt, eine Schiffspassage gebucht – für den 30. September 1939. In einer Hamburger Pension ist Isolde mit den Kindern untergebracht, Ludwig in einem engen Untermietzimmer.

Am 1. September Einmarsch in Polen: Der große Krieg ist zurückgekommen. Die Grenze nach England wird gesperrt. Getrieben von weitgespannten Gedanken, gequält von den Vorstellungen unmöglicher Rettungsversuche wandert Ludwig umher, in den Wäldern um Hamburg, in der Heidelandschaft. Isolde und die Kinder besucht er kaum noch, bleibt kurz, schweigt. Isolde bedenkt die ungesprochenen Worte. Sie sieht sein Gesicht, Ludwigs dichtes schwarze Haar, die gefällige Linie seiner Wange – eine tastende Erinnerung, der Versuch der Treue und des Mitleids. Und dann erklingt wieder der auffliegende Ton in ihrem Gedächtnis. Und nun kommt er nicht mehr, und Isolde fragt nicht und forscht nicht nach, will keine Fragen der Vermieterin hören … der Winter ist lang und hart, kaum, dass Isolde ins Freie geht. Sie will nicht nachdenken, wo er sei. Sie spürt Leere, Abwesenheit. Ungewöhnlich viel Schnee ist in diesem Winter gefallen. Deshalb findet man seinen Leichnam erst spät, im Vorfrühling. Ludwig erschossen von eigener Hand, ein Abschiedsbrief – ein philosophisch umfassendes Testament für die Kinder ist da, wird vom Notar vorgelesen.

Wohin sich wenden, Isolde? Ihre Cousins und Cousinen sind fort, auch fürchtet Isolde Erklärungen, den Schauer der ausgesprochenen Worte. Das von Ludwig verachtete faschistische Italien hat seine Grenzen geschlossen, das – wie sagte er? abweisende Bauernland Schweiz, das nur die letzten Geldvorräte verzehren würde – ist verriegelt. Von Hamburg aus erscheint jede Richtung zur Flucht unmöglich. Isolde folgt Ludwigs Wunsch und fährt zu ihrer Schwiegermutter Betty, zur einstmals katholischen, fröhlich-böhmischen Betty nach Wien.

Betty machte sich keine Sorgen. Sie hatte ihren Lebensschwung, vernünftiges Misstrauen und die guten Kochrezepte ihrer Heimat mitgebracht, in dieses großzügige Leben, in der großen Wohnung, in der großen Stadt. Da war zwar die Sache mit der Religion. Für die Heirat sollte sie zu seinem Glauben übertreten … Betty war Mühe gewohnt und wusste, ein müheloses Leben muss verdient werden. Betty lernte und ging in die Schul' – in die Synagoge – und war für alle fremden Übungen schnell gewonnen, denn sie verschafften ihr diese wundersame Freiheit. Sie bewohnte diese große Wohnung in der Billrothstraße, die mehr Zimmer hatte, als die Vorstellungskraft der Betty einrichten konnte. Wie diese Zimmerflucht gebrauchen, welchem Müßiggang sic widmen? Zimmer waren frei gegeben für Zufälle und Schicksale, halb voll mit Gerümpel und vergessenen Sachen, zeigten Zwischenstände des Lebens, unentschiedene, der ständigen Veränderung preisgegebene Anordnungen von Gerät und Tand. Betty lebte im Überfluss und im Glück … und also teilte sie ihr Glück, gab allen Menschen in ihrer Nähe von ihrer Freiheit und von ihrer Zuversicht – zum Ausgleich dafür, dass sie diesen Mann getroffen hatte, der sie mitnahm in die große Stadt. Lebensgerechtigkeit musste sein.

Dort wohnte Isolde, dort spielten die Kinder. Isolde im Eckzimmer sah die vielen anderen kommen und gehen, Verwandte und entfernte Verwandte und entfernte Verwandte von entfernten Verwandten… empfohlene Menschen, auf Besuch, auf der Durchreise, auf der Flucht. Die Betty versorgte sie für eine und für noch eine Nacht, zwischen den Möbelstücken mit wechselhaftem Schicksal. Sie kochte auf, um die Menschen zu trösten und zu stärken für diesen ungewissen Lebensgang, böhmische Bauerngerichte tischte sie auf für die verhärmte Frau, für den scheuen, mageren Bocher – herzhafte Gerichte, wie sie selbst sie mochte … doch nicht mit Schmalz, Betty? Ach was, was ist schon ein Kraut ohne Schmalz, und der Fromme merkt es ja doch nicht, dass es verbotene Speise ist – und er sündigt nicht, weil er tut nichts Böses, und ich sündige nicht, weil ich tu es von Herzen. Schmecken soll es ihm noch einmal, und stärken soll es ihn für den langen Weg. Betty hörte und wusste viel. Da war ein ihr gewogener Anwalt, bei dem holte sie Rat: Du musst dich noch mehr hinter das arische Schild ducken, Isolde, Taufe ist nicht genug, ist nicht das, was die wollen. Du musst halb-arisch werden, wir müssen einen Prozess führen, Isolde, einen, der beweist, dass du einen arischen Vater hast – denn wer weiß schon, wen er wirklich zum Vater hat. Eine Hochberühmtheit suchen wir aus, war nicht der Carl Hauptmann, der Nobelpreisträger-Bruder mit deinem Vater befreundet? Na siehst du, das wird den Richter beeindrucken. Der Anwalt war schlau, der Richter nachsichtig. Verständig notierte er die hälftig arische Abkunft der Isolde … zu ihrem Schutz, als Überlebenshilfe.

Isolde würde sich halten in Wien. Allen Gerüchten, Befürchtungen, Bewegungen zum Trotz. Draußen versank eine fremde Welt hinter fremden Fassaden, Isolde fühlte sich sicher, weil besonders empfohlen, von Gerichten und Stempeln beschützt. Hinter den hohen Türen der Zimmer raunten und redeten Stimmen von den Veränderungen, den Siegen und Vormärschen. Wörter von Schlachten, Orten und Kampflinien tönten: Maginotlinie und Compiègne, Coventry, Vichy … Leningrad … Donez-Becken und Don … Stalingrad…

Du bist nicht mehr sicher, sagte die Betty. Da war doch die Sache mit dem Glaubensübertritt. Die als mosaisch eingestufte Großmutter Betty machte die Kinder wieder mehr zu Juden – zu Geltungsjuden. Ihr könnt euch hier nicht mehr lang halten, sprach die Betty, was ich in letzter Zeit höre, bedeutet nichts Gutes. Du könntest ja bleiben, Isolde, nicht aber die Kinder. Du musst sie fortbringen aus Wien, weil, solche wie deine Kinder sind schon abgeholt worden. Noch reicht dein Geld, für sie eine Flucht zu kaufen, du musst gehen, Isolde.

Isolde hatte keine Auswahl mehr. Das Einzige, was Betty und der Anwalt vermitteln konnten, war eine Fluchthilfe nach Ungarn. Immerhin gab es in Budapest noch einen Cousin Peter und einen Onkel Georg. Schau, Isolde, die Ungarn sind stolz und ehrliche Antisemiten, sprach Betty, sie werden euch ärgern, aber sie werden ihre Juden nicht ausliefern. Und sie sind ehrlich faschistisch, also gibt es keinen Grund für die Deutschen, dort einzumarschieren. Ungarn ist die beste Rettungsinsel für dich unter den Umständen. Ein Koffer. Ein Ungar, der die Grenze kannte. Viel Geld, um eine Zeichnung vom Weg zu erhalten, viel Geld, dass die Namen für Hilfe unterwegs genannt wurden, es waren Isoldes letzte Schätze, alles zusammengerechnet. Der Mann hätte dich verraten können, Isolde, das ist jeden Tag vorgekommen. Aber man musste dem Mann vertrauen.

Isolde meldete sich und die Kinder bei der Polizei in Budapest an. Was hätte ich sonst tun sollen? Des Landes und der Sprache unkundig wie ich war und keine Heldin im Lügen und Verbergen. Wir wurden in das Lager Ritsche gebracht. Das Lager Ritsche wurde später als Konzentrationslager eingestuft, aber es war ein ungarisches KZ. Die Frauen waren hinter einem hohen Maschendrahtzaun von den Männern abgegrenzt. Die Buben, jetzt vierzehn und fünfzehn Jahre alt, wurden zu den Männern gesteckt. Begegnungen am

Zaun waren möglich, auch wechselseitige Besuche, je nach dem, nach Tagen, nach Launen der Wachen verschieden. Unberechenbare, unbekannte Tage waren das, Isolde unter den Frauen allein, darüber sinnend, wie Söhne in der Pubertät unter Männern allein sein können, ob sie junge Helden sein werden, spielerisch … wie der Tag und die Angst und das Unbekannte mit ihnen umgehen. Die Verwandten in Budapest bürgten für sie, die Buben kamen daher aus dem Lager frei, unter der Bedingung eines geregelten, beaufsichtigten Arbeitslebens. Isolde wurde auf Ehrenwort erlaubt, die Kinder in Budapest zu besuchen: der Große war gegen Geld bei dem Modeschöpfer Sandor Gerges zur Lehre untergebracht worden, der Kleine in einem Heim der jüdischen Gemeinde. Schillernde Gefahren sieht Isolde, wechselhafte Einflüsse von verrückten, niedergedrückten, schrillen Menschen ausgestrahlt. Alles ist besser, Isolde, als Ritsche, alles – diese Dachböden, Ankerstellen, Behausungen … bieten mehr Lebensart, mehr Schutz, mehr Rechte für die jungen Menschen, sodass sie ihre Gefühle, ihre Gedanken anspannen können. Isolde wartet, duldet, hofft. Der Krieg wird bald seine Reife erlangen. Die Alliierten in Italien rücken immer weiter vor. Jedoch in der Mitte des Februar 1944 in der klaren Kälte des Winters hört Isolde Gerüchte vom Einmarsch der Deutschen in Ungarn. Im Frühjahr noch beginnt die Aktion Höß, die Deportation der ungarischen Juden. Auch Isolde wird – sie protestiert, sie sei ja Deutsche, halb-arische Deutsche – zu einem Transport geholt. Die Wagons rollen nach Auschwitz.

Wir wissen nicht, wie Isolde Auschwitz überlebte… welches Glück, welche Zufälle, welche Hingabe Isolde rettete. Wir kennen nicht die Vorzüge, die Isolde für sich geltend machte in der feingliedrigen Geltungshierarchie des Lagers. Und niemand hat über ihren Lebenswillen berichtet, diese unbändige Kraft zum Überleben, die inmitten des Sterbens nur stärker und immer stärker wurde, niemand hat die Wahrheit festgehalten. Hättest du uns deine Leiden erzählen können, Isolde, und hätten wir die Stimme gehabt, dich zu fragen, Isolde, und hättest du uns geantwortet... und die Ereignisse erzählt... so aber haben deine Leiden keinen Namen, deine Wehmut ist unfassbar, die Qual des Wartens können wir uns nicht vorstellen, fühlen wir nicht. Wie über einen Schmerz schreiben, den die ihn erlitten hat, selbst nicht beschreibt, der sich dem Herschreibbaren auch für jene entzieht, die ihn kennen. Wir wissen nicht, woran sich Isolde erinnert... obwohl: leichter ist es über das Erinnern nachzudenken als über die Begründung des Schweigens. Erinnern ist eine uns allen nahe Erfahrung. Wir haben erlebt, wie Erinnerung Erlebtes verändert. Schmerz und Leid (oder auch große Furcht oder auch: Liebe) geschehen in einem Universum von Zusammenhängen: Raum und Geruch und Licht und Gesehenes und Unsichtbares... und mitschwingen unbegreifbare Eindrücke, Möglichkeiten, Zukünfte. Erinnerung ist davon ein Abbild in zwei oder drei Dimensionen, eine Figur, eine Farbe, ein Ton vielleicht... aber das Körpergefühl, die Kälte auf der Haut, der schrille Klang der Vorahnung... entfallen. Die Unerträglichkeit von Schmerz (oder die Unfassbarkeit von Glück) schmilzt dahin, der Geruch fehlt, Wind steht still, es bleibt das Echo des Grauens (oder der guten Ahnung), ein gefärbter Abklatsch, eine Bilderfolge, von jetzt zu dann geschaut. Durch Erinnerung wird Erlebtes gegliedert, in Haupt- und Nebenbilder; in Reihenfolgen: Die Ereignisse werden vereinfacht in das Gedächtnis eingespeichert, wie die Abbilder von Körpern. Die Erinnerung an ein Ereignis ist unsere Erfindung – sie haben Kopf und Kern … unsere Erinnerungsgeschöpfe…. Einige drängen sich vor, werden ständig stärker und lauter und grober, andere verblassen, schwinden, werden immer seltener hervorgerufen, bleiben unterernährt daheim – unsere Erinnerungskinder, Wiedergeburten aus dem Vergessen, manchmal frisiert und hübsch gemacht, für Zuschauer ausgestellt auf künstlichen Bühnen, worauf sie artig ihre Posen zeigen, erfundene Vergangenheiten vorspielen oder zu Kunstwerken heranreifen, die immer wieder den schöpferischen Akt des Erzählens darstellen – sie, besondere Geschöpfe, von der befreiten Seele als Befreiungskinder frei gemacht, ausgewählt und hervorgehoben für fremde Seelen. Für den Schöpfer selbst wird der Schöpfungsakt zur Erinnerung, an die er sich erinnert, und die Darstellung des schöpferischen Aktes ist eine erinnerungswerte Erinnerung. Wo haben wir was wem erzählt, und wie hat sie es verstanden, und wo haben Leute zur Antwort gemurrt, gemurmelt, geschwiegen? Die Erinnerung an die Erinnerung ist eine Galerie von Bildgeschöpfen im Gedächtnis, eine Erlebniswelt von Beschauern und Betrachtern. Was aber, wenn ein Erinnerungsgeschöpf sich zum Dämon mausert? Immer wieder die gleiche Wunde ätzt, immer wieder auftaucht, ungebeten, unerwünscht… und zieht eine wilde Jagd von anderen Bildwesen hinter sich her? Nacht für Nacht, nach dem ersten Schlaf mit einem Schlag der gleiche Wahnsinnszug, unaufhaltsam … Als ich ein Kind war, wurde ich in einen Film mitgenommen, in dem ein Almwirt, ein gemütlicher Alter im einsamen Herbst mit dem Tod Karten spielt – Bauernschnapsen – um sein Leben. Da waren alle Bilder, die einem Kind die Furcht der Erwachsenen ahnen lassen – der plötzliche Wetterumschwung, die treibenden Blätter, der Tod des treuen Hundes. Der Film jagte mir großen Schrecken ein vor dem Gevatter Tod und der rauschenden Musik, die ihn begleitete. Ich konnte für viele Nächte lange nicht einschlafen, bis ich mir selbst einen Trick beibrachte: Immer wenn das Bild auftauchte: Der Wind reißt die Tür auf, und trockenes Laub treibt herum, befahl ich mir, das Bild anzuhalten. Starr stockten die Blätter über den Holzbrettern, und ich dachte an nichts, als an dies, dem Blatt über dem Brett – schwebendes Laub barg allen Schrecken. Welche Bilder sind deine Sperrschlüssel geworden, Isolde, wo hältst du die wilde Jagd an, Isolde, welche Kraft hat es dich all die Jahre gekostet…

Eine Geschichte aus Auschwitz hat uns Isolde überliefert, denn sie handelt vom Beschützt werden, vom guten Zufall, vom Empfohlen sein… Die Blockälteste, eine stämmige Ukrainerin, hatte eine wortlos-wilde Liebesbeziehung zu einem SS-Mann – gestohlene Augenblicke, von der Lagerdisziplin herausgeholt, in der Nacht insgeheim genossen. Doch die Blockova wollte auch schreiben, im Tageslauf dem Liebsten gegenwärtig sein, und so durfte Isolde für eine Extraration Brot, mit Kanzleipapier und Bleistift ausgestattet, in ihrem kultivierten Breslauer Pensionatsdeutsch Zärtlichkeitskantilenen erfinden, für Werner, Tag für Tag, zwei lange Monate extra Zeit, extra Brot, extra Kraftreserven… ein Schleier von Sicherheit, nicht für schwere Arbeit herausgeholt zu werden… blütenschönes Deutsch für einen SS-Mann aus dem Herzen einer Analphabetin. Was ist mit den anderen Geschehnissen geschehen, die sich immer wieder in deinem Gedächtnis nach vorne drängten, die du nicht wolltest, die vergessen werden sollten. Das, was dich beschädigt, ausgesondert, an den Rand geworfen hat... kein Mensch sein, kein Mensch sein. Kein Tier sein, das gekannt, gerufen, gekost würde. Keinen Widerspruch denken, das Gesicht könnte ihn verraten. Nicht an Flucht denken. Schmerz. Nichtwissen von Schmerz. Was ist Scham? Scham entsteht aus dem Mitwissen der Beobachter, aus dem Werteapparat der Beobachter, aus der eigenen Wertschätzung, aus der gemeinsamen Kenntnis des Beobachtenden und des Verletzten. Scham ist die Antwort des Verletzten im Bann der unerbittlichen, unausweichlichen Überlegenheit des Beobachters. Scham entsteht aus der Phantasie über unmögliche Möglichkeiten – aber niemand von damals ist mehr hier, Isolde, niemand ist übriggeblieben. Nur ich, Isolde, bin hier. Ich beobachte mich – mich von damals, mit den Werten von damals. Meinen Werten. Die Wiederholung brennt. Brennt Narben ein. Anhalten, diese aufdringliche Beobachterin! Sie nicht die Wertemeßlatte aufheben und anlegen lassen. Wir waren nicht dort. Sind nicht Besitzer dieser Werte. Was geschehen ist, ist sinnlos! Wertlos! Weil erzwungen. Weil auf den Tod zielend, auf den Tod der Seele. Kein Mensch sein. Auschwitz soll sinnlos sein. Weil die Erzwinger sinnlos, wertlos sein sollen. Strafe für die Peiniger. Vollständiges Löschen. Die einzige Strafe, die mir, Isolde, hilft. Auschwitz sinnlos, wertlos, bildfern, leer. Ich Isolde, unberührt.

Isolde schweigt. Isolde sieht nichts. Wie du die Worte nicht wiederbringen willst, stehen auch die Bilder still. Starren und nicht sehen war eine tägliche Übung. Nicht sehen und nicht gesehen werden. Und Isolde erzählte die Geschichte von Mengele: Er ließ die Frauen zu hunderten nackt antreten, schaute sie an, eine jede, und die zurückschaute (oder krank schaute oder um deren Hüften Gürtelrose blühte) wurde hervorgeholt, ausgesondert, abgeführt, weggeschickt, in die Kammern gepresst. Mengele – er hat sie angeschaut, in ihren leeren Blick geschaut und hat sie nicht gesehen, er stand vor ihr und nahm sie nicht wahr – Frauen links und rechts für das Feuer aussortiert, an ihr ging er vorbei, er sah die zarten roten Punkte nicht, die blühten erst am nächsten Tag. Sonst erzählt Isolde nichts. Warum schweigst du, Isolde? Sollen wir nicht dringend diese Worte hören? Weil du nicht sehen willst, wie andere deine Worte aufnehmen. Wie vermessen Zuhörer deine Scham? Sie bilden für sich ein kleines Modell – einen Sekunden währenden Abdruck deiner durchlittenen Scham. Sie bringen Mitgefühl hervor. Was ist das? Mitschmerz, Nachschmerz, Echoschmerz? Ein Sekunden währender Abklatsch deines Schmerzes, ohne Geruch, ohne Körper, ohne Raum… Aber der Zuhörerschaft muss es erlaubt sein, dich für das erlittene Unmaß der Ereignisse zu würdigen, ja dich zu bewundern, emporzuheben, ihre Scham mit dir zu teilen, mit anzuheben… Nein, würde Isolde abwehren, nicht bewundern, nicht behandeln, es machte mich wieder zur Außenstehenden, Außerirdischen, aus dem Nest Gefallenen – ich eine aus dem Kreis der fröhlich Gedankenlosen Verbannte. Vielleicht müsste die Zuhörerschaft nur oft und genau genug entlang deiner Erinnerungen arbeiten … aber dann, denkst du, stellt sich bald Gegenwehr ein: Sattheit, Übersättigung, Ekel. Die Lebenskraft der Zuhörer lässt sie abwehren, was sie bedroht; das Lästige kippt ins Lächerliche, der Befreiungsschlag geschieht durch Vereinfachung. So entkommt der Zuhörer. Aber wir wollen nicht entkommen, wir wollen nicht verzichten auf das Wissen, was geschah, es gehört uns auch, ist Geschichte – die uns läutern kann? Warum klein reden, in ein Schema reden, können nicht Worte, haben wir gesagt, mehr Gedanken mitschwingen lassen zwischen Himmel und Erde, als die Verfasserinnen der Worte gedacht haben? Sollen wir nicht mitarbeiten – und besser werden, können wir durch Worte besser werden, ist das Wissen ein Wasser, das wäscht? Deine Söhne sind strenger als du, sie sagen stellvertretend für dich: Was soll aus dem Auschwitz-Überleben werden: eine moralische Reinigungsindustrie? Sollen die Überlebenden immer wieder ihre Geschichte erzählen, (wie Automaten) wiederholen: Schaltet euer Mitgefühl ein, und wir verdienen damit Geld und geben Auschwitz einen banalen Sinn… sagt der jüngere Sohn, und der ältere formt seine Ansichten härter: Wie werden die Geschichten gehört? Es wird Genugtuungsarbeit abgeleistet, mit einer Stunde zuhören wird Unschuld zugekauft. Und dann ist da noch: die Lust am fremden Leid, die Zuschauerotik, Voyeurismus von mittelalterlicher Dichte. Überlebensgeschichten, einmal aus der persönlichen Intimität entlassen, wie weiß ich, wie sie ankommen? Isolde schweigt und fügt uns Schmerz zu über das Verlorene, das Unbekannte, nie mehr Gewusste. Sie schweigt, weil die Erlebnisse ihr gehören, ihr allein, es ist ihre Freiheit, sie abzukapseln, wegzuwerfen, zu vergessen. Es ist dein Leid, Isolde, deine Entscheidung, dein Vergessen.

Am 18. Jänner 1945 wird Auschwitz evakuiert. Die Häftlinge werden in andere Lager verlegt, in Kolonnen zu hundert marschieren die Frauen, nächtigen in eilig requirierten Scheunen, der Marsch endet in Buchenwald. Isolde sagt nur, es war die Hölle: Kein Platz nirgendwo, die Häftlinge zu mehrt auf die Pritschen gepfercht, kaum Essen zu haben, Darmkrankheiten überall, die Scheiße fließt zwischen den Holzgestellen wie ein Strom. Sechs Wochen später wird

Isolde wieder verladen, Transport in offenen Wagons, und in Salzwedel abgeladen. Erstarrt stehen die Häftlinge in der Kälte. Und dann eine Stimme: Was lasst ihr die Gefangenen unnütz herumstehen, was soll das? Schickt sie in die Baracken! Und das war der Beginn einer menschenähnlichen Behandlung – wie sie für Kriegsgefangene vorgesehen war, denn das war Salzwedel, ein Lager für französische Kriegsgegner und Rittmeister Schrader, sein Leiter, gehörte nicht den herrschenden Mächten, er war ein strafversetzter Soldat, enttäuscht und verbittert. Er führte das Lager ordnungsgemäß – Nahrung, Kleidung, Gleichbehandlung für jeden – und übergab es ordnungsgemäß den Befreiern.

Die Zeit nach dem großen Schrecken war mühsam. Die Wunden heilten langsam. Zwei Frauen aus einem Dorf in der Nähe haben uns – zwei Frauen aus dem Lager – langsam aufgepäppelt, sagt Isolde. Warum? Nun es war ihre Rückversicherung mit dem Leben. Die Gedärme mussten wieder arbeiten lernen, der Stoffkreislauf normal werden, die Muskeln sich kräftigen, der Schorf abheilen. Im Sommer kann Isolde wieder für längere Zeit gehen und stehen. Im Sommer kehrt sie nach Wien zurück, meldet sich in der Stadt, fährt mit der Straßenbahn hinaus nach Währing, steht hinter dem Fahrer und schaut in die veränderten Straßen, da fehlt ein Haus und dort … kennen Sie das Haus Billrothstraße Nummer 2? Die Straßenbahn fährt daran vorbei … das große Eckhaus, wissen Sie? Ja, natürlich, sagt der Fahrer ohne sie anzusehen, ja, das steht noch. Und sie steigt aus und trifft die Hausbesorgerin vor dem Tor. Isolde fragt … und meine Schwiegermutter? Ja, die Frau Betty, natürlich, die ist oben. Und es geht ihr gut. Vor der Tür steht Isolde und drückt den Klingelknopf, und Betty öffnet die Tür, hast du Nachricht von den Buben, fragt Isolde, ja natürlich, sagt die Betty, man hat sie schon gemeldet, sie sind noch in Budapest, beim Roten Kreuz irgendwo, aber die finden kein Transportmittel für die zwei. Später erfahren wir, dass viele sich bemüht haben, einen Platz für die Kinder zu finden, in einem Auto, das nach Wien führe. Menschen mit allerhöchsten Beziehungen hätten gerne mitgewirkt bei dieser Vereinigung – aber da war die Sache mit den Würsten. Jeder freie Raum in einem Diplomatenwagen oder sonst wie grenzgängigem Gefährt musste für Schwarzmarktware genutzt werden; sie hielt den Wirtschaftskreislauf von Wien in Gang und finanzierte unter anderem die Lebensversicherung des russischen Stadtkommandanten von Budapest. Aber die Zeit der organisierten Anarchie war kurz. Schon im September verkehrten regelmäßig Züge zwischen Wien und Budapest, und die Buben kehrten heim.

Was bleibt noch zu erzählen? Isolde arbeitete weiter bei der amerikanischen Besatzungsmacht. Sie fand eine Wohnung in der Josefstadt. Das Parkett knarrte, die Fenster waren blätternarbig, die Öfen tückisch und die Kirchenglocken läuteten jeden Morgen und Abend. Die Söhne holten Schule nach, wurden erwachsen, ergriffen Berufe, wollten keine Kinder haben – dass die Zukunft nicht zur Drohung werde. Isolde lebt eng vertraut mit ihren Söhnen. Jeder Tag ist wie ein Atemzug, eilig, gleichmäßig, ein und aus, hell und dunkel. Isolde hat keine Angst. Von ferne tönen Nachrichten über beibehaltenen Rassenwahn, Nachbarschaftshass und unbekannte Mächte. Isolde erhält eine Rente vom deutschen Staat; sie hört auf zu arbeiten und genießt die milde Freiheit zwischen fest eingerichteten Zeiten und täglichen Pflichten. Freundinnen gibt es, einen Bekanntenkreis, die

Stadt Wien bleibt ihr fremd. Spät im Jahrhundert besucht Isolde Krischanowitz – die alten Bäume im Park sind abgeschlagen worden und die Weinranken auch, das Haus steht nackt und hässlich angestrichen, ein Verwaltungsgebäude ist es geworden… Isolde kommt nach Berlin. Wie hat es sich verändert… Inseln der alten Muster entdeckt sie hie und da, die stehen fremd, wie aus der ihr einst vertrauten Stadt abgebrochen und weggetragen und irgendwo sorglos abgestellt. Dazwischen die Avenuen des modernen Städtebaus, dann wieder Baumreihen und Straßenachsen, die ins Nichts zeigen. Isolde sagt: Es gibt niemanden mehr, dem ich es erzählen kann, was ich hier finde. Sie sind alle tot. Isolde lebt in ihrem stillen Zimmer in Hütteldorf. Sie meint, es gäbe nichts Neues, nur dass sie noch sei. Isolde starb still und sanft, mit dreiundneunzig Jahren. Uns bleibt der Schmerz, dass wir zu wenig wissen, und dass wir zu wenig gefragt haben.

Eveline: Das Fremde so nah zu mir

Das Leben der Eveline

»Großzügigkeit war falsch«, sagte meine Mutter und meinte ihre Haltung zur Josefin, genannt Fini, die sie beeindrucken wollte, diese Zarte, Dunkelhaarige, Großäugige, mit der rauen Sprache des Waldviertels und »dem horchenden Gschau.« »Ich hab sie gleich zur Chefin gebracht, sie mit der Frau Obersberger bekannt gemacht und es ein Leben lang bereut.« Als ob meine Mutter nicht gewusst hätte, welch gefährliche Mischung diese beide Frauen wären, als ob sie nicht schon längst erfahren hätte, wie es ihr Unterbewusstsein anstellt, dass sie sich selbst hintergeht: »Keine acht Tag hat's gedauert«, erkannte die Mutter. Kurz war die Reaktionszeit der explosiven Seelensubstanzen: die Einschmeichelschlauheit der Josefin, das Herrscherbewusstsein der Frau Obersberger und zum Dritten der Freiheitstrieb meiner Mutter, die sich nur nach eigenem Gutdünken für die Arbeit aufopfern wollte. Und so war das Schauspiel um die Herrschaft in der Kaffeehausküche des Café Jörger in einem Tag, in einer Woche vorbei. »Ich war hilflos, weil in der Nachtschicht, und die Fini hat sich bei Tag eing'weinberlt bei der Chefin.« Der Ober Alfred meinte, »Ich hab mir's denkt, ich hab das gleich gewusst. Und jetzt sag ich dir, was du tun musst: Du gehst jetzt zu meiner Frau ihrem Schwager. Der ist ein guter Jud. Denn zum Glück hat die Schwester von meiner Frau einen Juden und Geschäftsmann geheiratet.« »Ja«, seufzte die Mutter, »aber bitter ist es schon. Zehn Jahre war ich in dem Kaffeehaus angestellt – und dann dauert's keine zehn Tag', und die Fini hat mich aus dem Nest bissen.« Aber ihr Bruder hat sie trotzdem geheiratet, die Fini: »Und es hat ihr kein Glück gebracht«, sagte die Mutter, »weil zehn Monate darauf war sie tot. Ein Kunstfehler der Ärzte. Darmverschluss. Bei der Geburt.« So begann das Leben der Eveline.

»Dass man Leute nackt liegen lässt, wie einen Hund«, sagte die Mutter, »ich hätte da nicht hingehen sollen, es war eh Eintritt verboten, aber ich wollt was Festes in der Hand haben, bevor ich den Bruder von der Front hol'. Da bin ich halt in die Obduktionskammer von dem Spital. Die haben sich kein Gewissen gemacht, junge Ärzte alles, Aushilfen, frisch von der Ausbildung. Die Richtigen warn alle an der Front«, erzählte die Mutter, und die Eveline verbrachte die ersten Lebensjahre im Waldviertel; bei der Großmutter lernte sie eine karge, raue Sprache …

Das Nächste, was ich von Eveline wahrnahm, waren dumpfe Schläge. Sie fielen hinter einer Holztür, und meine Mutter horchte mit runden, erschreckten Augen. Dann nahm sie meine Hand und schlich hinaus, drei Stufen gegen das Licht des Vorhauses, über bunte Bodensteine in das Sonnenland der Tigergasse.

Am nächsten Tag war die Eveline da. Was wir gehört hatten, waren die Schläge der Pflegemutter, bei der die Eveline seit dem Tod der Großmutter aufgehoben wurde; was meine Mutter erschreckt hatte, war das Schweigen des Kindes gewesen; so hatte sie es mit Klugheit aus der Höhle der Parterrewohnung herausgeführt, mit Hilfe der Nachbarin und mit Androhung von Vormundschaftsgericht und Fürsorge und der unausweichlichen Strafe durch den Soldatenvater, wenn er heimkäme von der Front.

Und nun stand die Eveline vor mir. Mit düster lockigen Haaren und hängender Unterlippe; angezogen mit meiner weißen Schürze aus Batist. Meiner zweiten weißen, meiner Reserveschürze für besondere Anlässe. So stehen wir, bereit für den Fronleichnamszug, sie lässt die Lippe hängen, ich drehe die kranken Augen und die kranken Füße einwärts; zwei Kriegskinder im Fotoalbum.

Die Eveline teilte mit mir den linken Streifen Schlafzimmer, den Biskuitkuchen und die Zuneigung der Mutter. Ich dachte, ich wäre arm und hätte nichts. Aber das, lernte ich jetzt, konnte man noch teilen. Die Eveline machte das auch nicht froh, sie nahm alles schnell und mit vorgeneigtem Gesicht, und hielt es fest, während sie herum sah mit großen Augen. Ihr Vater kam von der Front, die Eveline erhielt ein neues Kleid und wurde ins Marienkloster gebracht. Im Kloster blieb sie fünf Jahre. Ich wohnte in dem gleichen Kloster fünf Tage. Und das war so: Drei Klosterschwestern hatten vierzig Kinder zu eigen. Diese vierzig Kinder lebten in einer genauen, unsichtbaren Vorzugsfolge. Das erste – beste – Kind erhielt einen Kuss auf die Wange, von der breitesten Schwester und wurde auf deren Schoß gesetzt, hörte dort deren leises Gurren. Das zweitbeste Kind erhielt eine Orange, einen leuchtenden, seltsam duftenden Ball – nicht gleich, sondern nach ausgiebigem Tändeln und Spielen; er wurde gerollt und versteckt, der Zauberball, und erschien wieder unter kleinen jauchzenden Rufen, wurde geworfen und gefangen. Dabei sahen alle anderen zu. Voller Sehnsucht. Das drittbeste Kind erhielt eine Geschichte zum Geschenk, schon mit abnehmendem Mitleid erzählt. Von der dritten Schwester. Zu Fronleichnam kleideten die Nonnen die Kinder ein, um vor dem Himmel – dem Baldachin – herzugehen, zum Blumenstreuen vor dem Herrn Jesus in der Monstranz: Die Kinder eins bis fünf erhielten bodenlange weiße Kleider, Brautkleider für den Herrn Jesus;

die Kinder sechs bis zwanzig trugen weiße Traumbälle von Kleidchen… ich, ich erhielt ein schmales, flaches, mattes, doch immerhin mit Litzen und Paspeln verziertes, für den Blick auf die Brust. Das Kleid der Eveline war elfenbeingrau, sooft war es gewaschen worden. Und es war platt und glatt. »Werdet ihr alle schön sein für den Herrn Jesus«, sang die Schwester mit silberner Stimme. Ich spielte im hintersten Eck und spielte Ball. Mit den letzten drei unter allen Kindern. Aber die Eveline stand an der Mauer und spielte nicht. Sie war die allerletzte und ließ die Unterlippe hängen.

Die Eveline ging auf die Hauptschule, und ihr Vater heiratete wieder, *und sie erhielt ein Zuhause*. Das kam so: Neben uns, in der kleinsten Wohnung des Hauses (fensterlose Küche, ein Schlauchzimmer mit einem Fenster zum Hof) wohnte die Frau Ahrenparzer, eine fast taube ehemalige Herrschaftsköchin, die aber die Karten zu legen wusste - »von links droht eine schwarze Frau ins Haus« - und sie konnte kochen! Sie buk zu Weihnachten, sie zauberte aus den Hamster-Einkäufen und Mitbringseln vom Land: zierliche Cremeschnitten und Nussröllchen, die über die Lippen splitterten, duftende kleine Golatschen, die im Mund zerflossen. Diese Frau hatte eine uneheliche Tochter mit hohem Busen und mit in wasserstoffblonde Rollen gelegtem Haar, die Erna, die ihren Kärntner Dialekt niemals ablegte, und weil in der Kärntner Sprache so viele AAAs sind, und sie so blaue Augen hatte, dachte ich als Kind, die Frau kommt aus dem Staunen nicht heraus – »naaaaa wirkli!« Diese fesche Frau in ihrem künstlichen Blond, sie war die Ehefrau eines Schleichhändlers, der handelte mit vielem und allen, und wie jeder gute Schleichhändler brauchte er sein gutes Gewissen – und das waren wir, hielten wir doch jeden Monat den Beweis in Händen, welche Warenchargen gerade in Umlauf waren auf dem Schwarzmarkt im Resselpark. Meine Mutter erkannte, dass es die Antwort des Himmels war, weil wir die Eveline gerettet hatten, und ich kam zur Einsicht, dass Bücklinge nicht Servierherren waren, sondern geräucherte Fische, die hochsalzig schmeckten, und auch lernte ich den Genuss von reinem, reichem Schmalz. »Schmalzsemmerln haben wir gessen«, widersprach ich der Nachbarin aus dem Gemeindebau, als sie feststellte: »na, ihr Kinderln, seids ja die allerärmsten!« Mir wurde es blutrot dunkel vor den Augen, so schlug die Hand der Mutter; »lüg ned und erzähl keinen Blödsinn«, schrie sie und »aaah!« machte die Nachbarin, sie spitzte den Schnabel, »heutzutag sind die Kinder so frech. Immer die Erwachsenen ärgern!« Ich verstand: ich hatte ein Geheimnis verraten, das mir keiner als Geheimnis angezeigt hatte. Weil ich das großmütige Geschenk des Himmels der Welt verkündet hatte, lieferte ich meine Mutter dem Neid und der Neugier aus, denn: Der Gegenwert für das Leben der Eveline, die Zuneigung des Schleichhändlers, war ein gegen die Regel gegebenes, jederzeit verlierbares Glück – eine schwarze Ware. Von einem finsteren Markt

Der Schleichhändler machte Karriere. Er zog in eine Vierzimmerwohnung in der Alserstraße und seine Familie saß an einem runden Ebenholztisch aus fremdem Familienbesitz, auf geschnitzten Sesseln aus anderem fremdem Familienbesitz und so weiter. Die Tochter kannte amerikanische Offiziere und die Erna trug einen Pelz. Dann begann der Schleichhändler zu trinken, das brachte der Beruf mit sich. Man musste sich zuprosten, Geschäfte begießen, vor allem bei den Russen - und man musste um entschwundene Geschäfte trauern. Die Spannung, ob man die richtigen

Händler zusammenbringen wird, steigerte sich bisweilen ins Unerträgliche. Der Schleichhändler trank, um das alles auszuhalten, die Erna stritt, weil sie das alles nicht aushielt, und immer öfter saß sie bei der Mutter und war bedrückt und sagte, »ich lass mich scheiden«, und der Schleichhändler wurde aufgedeckt und kam ins Gefängnis, und die Erna ließ sich scheiden. Also heiratete sie eilends, bevor sie sich verloren vorkäme und einsam wäre – den nächsten Mann, dem sie begegnete, der Nachbarin Bruder, den ernsten Vater der Eveline. Und so kam die Eveline zurück in das Glück eines trauten Heims: Die Erna und der Vater der Eveline zogen in Zimmer-Küche-Kabinett ein, und das Kabinett war schmal und himmelblau, mit einem Fenster, das sah auf andere Fenster gegenüber, ernst und dunkel und am Abend beleuchtet, wie die Fenster auf einem Adventskalender. Und an dem Tisch vor der Wand schrieb die Eveline ihre Hausaufgaben und hatte braunglänzende Augen und, geerbt von der Mutter, dichte, von der Natur gekrauste Haare. Die Erna stritt und lachte und das Mädchen blieb dünn und düster, darum ging es selten tanzen. Aber in eine Banklehre kam die Eveline und wurde Bankangestellte und schrieb Zahlen.

Weil man nun in den sechziger Jahren das Visum nach Tschechien erst an der Grenze lösen musste, und weil die Busse jetzt häufiger nach Brünn fuhren, begleitete sie eines Sonntags meine Mutter, um sich Verwandtschaft anzuschauen. Abends, im ›weißen Krokodil‹, sagte meine Mutter, »der junge Mensch dort schaut immer her zu dir, mit dem solltest du tanzen, ich würd' ihn für dich ansprechen.« Und so besorgte sie einen schüchternen Tschechen für die scheue Eveline.

Die Eveline fuhr jetzt oft nach Brünn und sah dabei ernst aus und selbständig, wie jemand, den das Schicksal prüft, und manchmal schaute sie wie eine, die noch nicht weiß, was jetzt wird, die aber auf den Zehenspitzen steht und horcht. Im Jahre 1967 gab es auch Visa für die Tschechen nach Wien. Wenn jemand garantierte. Die Eveline unterschrieb einen Schein, der besagte, dass sie für alle etwaigen Krankheitskosten des Josef O. aufkäme. Frühling 1967, dreißig junge Brünner reisen nach Wien. Im Rücken spüren sie noch den gelben Schleim von Industrie, den kalten Dunst der Dörfer, Unkraut auf Gehwegen, Maschendrahtzaun. Zwischen Asche und Rost keimten die Vorstellungen vom Dritten Weg in eine menschenwürdige Zukunft, von einem harten Weg voller Selbstaufgabe. Vor ihnen lag ein Wien, das im aufquellenden Wohlstand schon weiß gestrichen und gold gefärbt war, ein Wesen, ruhig und warm zwischen den Welten.

Die staunenden Besucher wurden in einem Hotel in Ottakring untergebracht. In Zweibettzimmern. Der Josef ließ sich zwei Tage Zeit, ehe er zur Polizei ging – und in seinen Koffer im Hotel packte er Zeitungen und Steine; der Zimmergenosse sollte nicht merken, was er in den Einkaufsstaschen von Meinl Kaffee hinausgetragen hatte: die Zeugen seiner Brünner Vergangenheit, Urkunden, Tagebücher, Schulzeugnisse – und dazu zwei Hemden, Unterwäsche, einen Pullover. Für eine Reise in ein unbekanntes Leben.

Auf der Polizei wies man ihn in ein Wartezimmer. Dort saß schon ein anderer Flüchtling – sein Bettnachbar aus dem Ottakringer Hotel, sein Reisegefährte. Auch er hatte aus Angst vor ihm einen leeren Koffer zurückgelassen. Und Wien gewährte Asyl. Einer der tschechisch spricht und ein bisschen Englisch kann und im Deutschen die Worte vorsichtig setzt und geschickt mit Maschinen umgeht, der soll Händler, Verkäufer, Vertreter werden, den kann man brauchen. »Hören Sie, Sie böhmakeln doch«, aber das macht nichts, das ist in Wien keine Schande, man weiß, rund um Brünn hat es schon früher Maschinentalente gegeben, und die hat man auch damals hergelockt. Österreich wird unter dem Eisernen Vorhang durch seine Finger ausstrecken, sich Märkte ertasten. Wo die westdeutschen Firmen nicht hingehen wollen oder nicht verhandeln dürfen, weil kein zweiter deutscher Staat sein soll, dort ist der Österreicher zur Stelle und macht die kleinen Geschäfte ohne große Verträge. Tschechen wie Ungarn brauchen neue Technik. Der Josef verkauft emsig kleine Maschinen.

In dieser Zeit sitzt die Eveline in der Schalterhalle der Bank. Eine Wohnung wird gekauft. Ein Auto. Ein Kinderwagen. Friedliche Zeit. Urlaub in Kärnten, Urlaub in Frankreich. Sanfte Zeit. Das Kind wächst. Die Bank rationalisiert. Die Eveline schiebt jetzt den Botenwagen, weil, man behält sie ob ihrer Verlässlichkeit. Ausflüge am Samstag, zum Heurigen gehen.

Reiche Zeit. Freundschaft hat die Eveline nur eine: mit der eleganteren, der gewandteren Helga. Sie hat die größere Wohnung, den reicheren Mann und: »Beziehungen«, erklärt sie der Eveline, »die braucht man als moderne Frau. Vertrau mir«, sagt sie und »tu dies« und »tu das«. Tennis spielen und ans Meer fahren. Mit Herren plaudern. Lass mir dein Kind über Nacht. Aber das Kind erzählt eine seltsame Geschichte von Berührungen und dunklen Türen. Da schließt die Eveline diese Bekanntschaft. Sie schiebt den Botenwagen und – stille Zeit – nach und nach kommt ein schmerzendes Gefühl auf: Der Verlust der Sehnsucht. Sehnsucht wonach? Die Lust auf Neugierde, sie ist unter belanglosen Reiseeindrücken verschüttet, die Hoffnung auf Überraschung, sie ist durch Wiederholung abgenutzt. Der Wunsch nach Opfer ist durch Verwöhnung abgewürgt, die Erwartung der Freude ist in Ängstlichkeit erstickt.

Sonderbare Zeit. Auf dem Platz vor der Bushaltestelle stehen die Kroaten und Slowenen mit überquellenden Plastiksäcken, »warum können die keine Koffer kaufen«, sagt ihr Mann Josef, »für die paar Habseligkeiten.« Die Fremden warten auf fünfzehn Stunden Fahrt für fünfzehn Stunden Heimat, um dann wieder fünfzehn Stunden lang zurückzufahren. Lärmend sitzen sie auf den Drahtbänken, duldsam in ihrem Elend, gleichgültig gegen die Nachbarschaft. Die Eveline schiebt den Wagen, der Rücken meldet Krankheit. Das Kind studiert an der Wirtschaftsuniversität. In Wien leben 1993 zwanzig Prozent Ausländer in ihrem Viertel in Hernals. »Wenn sie nicht so schmutzig wären«, sagt die Eveline, und meint: sie riechen fremd, sie schauen arm und sprechen unverständlich. Und in Afrika verhungern Leute. In Wien stehen hunderttausend Zweitwohnungen leer, von unseren Steuern leben die Reichen. Die Regierung, denkt die Eveline, hat versagt in allen Punkten. Die Serben, die Kroaten, die aus der Herzegowina… sie kommen, sie kommen, mit Binkeln und Packen, im stetigen Strom. Wir sind da, das ist genug, denkt ihr Mann und liest nunmehr regelmäßig die National-Zeitung.

Sarajevo, Schüsse aus dem Nirgendwo. In der Nacht rauschen die Garben aus den Maschinengewehren auf, Schläge von Tretminen fallen in unerwarteten Augenblicken. »Es hat dort schon einmal der große Krieg angefangen«, sagt die Eveline, »warum sind sie so…« Ein Volk wie ein Schwert. Es schlägt auf Bruder und Schwager, es trifft auf Moslem und Christen. Der Nachbar wird fremd, ist eine andere Nation, gibt dem Krieg sein Gesicht, es schaut der Feind aus jeder Mauerritze. »So kann man den Krieg nicht mehr verstehen«, spürt die Eveline, »bald ist Gewalt überall.«

Verwirrende Zeit. Wer sind die Menschen, die herbeidrängen von allen Seiten, so viele, die versorgt werden wollen in Wien. Dunkle Gesichter. Eine eiserne Grenze, die nichts mehr zusammenhält, durch die der Wind weht – eine neue Zeit schreckt die Eveline auf. Banden wählen Regierungen und sind nicht Regierungen verschworene Banden? Mafia aus Russland steuert schon hinterwärts die Regierungsbank, Mafia aus Italien besitzt unser Geld, Mafia aus China besiedelt das Häuschen am Waldpfad, mitten im Wienerwald, ein Wandel, bei Nacht und leise – bedrückende Zeit. Sie will nicht mehr wandern, die Eveline. Lieber zum Heurigen gehen und friedlich sitzen, aber hörst du, wie das Gift im Essen rieselt, wie der Wahnsinn in dem Gabelbissen pocht; die Krankheit lauert hinter der Lust, der Hase ist nicht mehr, was er scheint, ist ein im Erbgut verändertes Monster. Was du siehst, ist nicht wahr. Verschwörung alles. Über den Hügel ziehen hundert hungernde Augen herauf, schauen der Eveline auf den Tisch. Aus Burundi, Somalia, Ruanda. Wer versteht diese Nachrichten? Die Bombe hat einen Kopf abgesprengt, er rollt zum Nachtmahl über den Teppich. Zeit im Bild.

Jetzt reden sie, erklären sie, warum soll sie den Worten trauen, die Eveline hat noch nie der Politik geglaubt. Der Vater, er hat auf seine Sozialisten gehört, ist mit den Arbeitern auf die Straße gegangen für Ollah, wollte den Korruptionsvorwurf gegen den Arbeiterführer nicht wahrhaben. Die Eveline glaubt die Korruptionsvorwürfe, alle. Die Politiker, sagt sie, sind eine Kaste. Sie wollen nur Macht und erklären mir nichts. Die Berühmten, auch sie, die Angebeteten, sie alle sehen es nicht. Wir stehen am Abgrund. Die Zeit ist so gut geworden, dass im Traum die Angst aufsteigt und alles verschlingt. Welcher Traum? Welchen Traum wolltest du träumen, Eveline? Von einem samtenen Wien? aus den Augen des Adels genommen, in den Kopf des Bürgers gesetzt, von Rentnern und Arbeitern gleichermaßen genossen? Stille Gärten, geschnittene Hecken, die weiße Göttin weist auf das zartgliedrige Fenster am Ende der Allee. Dort steht ein Adelspalast. Auch dieses Paradies, es tut weh.

In Hagenbrunn, beim Heurigen gibt es das beste Essen, dort findet nicht jeder hin. Feine geräucherte Zunge. Welschriesling zartherb. Die Eveline wird ihre Frühpension erhalten. Und goldene Stille füllt den Tag. Beim Wagner sind die Saumeisen am besten, und der Loibbrunner hat die Aussicht, aber schlechteren Wein. Die besten Salate gibt es in Soost. Dort wird alles noch selbst gemacht. Wieviel kannst du essen am Tag, Eveline? Der Park ist vollgestellt mit Eisenmöbeln, das Städtische Warmbad haben sie aufgelassen, die Fenster, noch milchweiß vor Erinnerung an Dampf und saubere Leiber, sie werden herausgebrochen, mutlos zerspringt der Rahmen. Warum begreifen Regierungen nichts? *Bleierne Zeit.* Dort drüben im Westen wartet der Untergang, von Norden her droht Verheerung, vom Osten aus reitet Gewalt, jenseits der Südgrenze wohnt der Krieg. Ein Komet erscheint. Noch wartet der Sommer, dass er zu Ende geht. Dann verschlingt die tote Hoffnung das niemals erbrachte Opfer. Endliche Zeit. Schwarz und zu Ende.

Die Reden der Eveline…

Die Eveline begrub ihren Vater auf dem Hernalser Friedhof. Der Leichenschmaus war kurz, weil die greise tschechische Verwandtschaft bald wieder heim nach Brünn fahren wollte. Das letzte Taxi, das für mich bestimmt war, kam nicht.

»Da sitzt wieder ein Ahmed drin«, sprach die Eveline, »der weiß nicht den Weg. Gib acht, dass er dich nicht in die Irre fährt.«

»Es ist sicher ein Missverständnis«, erklärte ich, »ruf noch einmal an.«

»Das ist kein Missverständnis«, sagte sie, »in Wien ist das jetzt immer so, du hast ja keine Ahnung, du bist schon zu lange fort. Wo immer du hingehst, heutzutage, hast du es mit einem Ahmed zu tun oder mit einer Maritza. Sie verstehen dich nicht, sie wollen dich nicht verstehen. Sie sind überall. Und machen alles falsch. Wo du gehst und stehst, in der Straßenbahn und auf der Straße sind sie da und riechen fremd.«

»Wir haben ihnen die gesamte harte Arbeit überlassen, komplett die Sorge für die niederen Geschäfte übergeben. Jetzt sind sie eben da,« sage ich.

»Ja, aber das müsste nicht sein, es gibt genug von uns.«

»Und du glaubst das? Und wenn schon! Warum willst du die nicht auch zulassen! Überall suchen die Firmen. Also warum nicht auch Fremde hier arbeiten lassen? Kroaten, Slowenen und Serben?«

»Weil sie uns hassen. Erst hauen sie sich selber, und dann sind wir dran. Die sind Völker mit Hass und Mord im Hirn.«

Wir sitzen auf der Bank nebst dem Friedhofstor und der Sommerwind weht, trägt einen satten Duft von Buchsbaum über die Mauer, von nicht weit her, wo die alten Gruften umwuchert stehen.

»Die wollen uns nichts Gutes; das kannst du nicht wissen, du lebst nicht mehr hier. Es werden ihrer immer mehr, sie zeugen Kinder über Kinder, bald sitzen sie in allen Häusern.«

»Eveline«, sage ich, »das ist immer so. Dort wo Platz ist, eine Arbeit, eine Notwendigkeit, da kommen die Leute aus dem Nachbarland oder auch von weit weg. Zuerst leben, arbeiten, schlafen sie, wie sie es gewohnt sind, aber bleiben sie länger an einem anderen Ort, essen und träumen sie anders – wie es im neuen Land üblich ist. Die Polen und die Italiener sind zu den Bergwerken an der Ruhr und der Sambre gewandert, und die böhmischen Schuster nach Wien, und trotzdem: Belgien ist Belgien und Wien bleibt Wien. Und das deutsche Wesen ist an ihnen auch nicht genesen.«

»Diese sind anders, diese werden niemals vernünftig hier leben. Sie verdrängen uns. Sie nehmen uns alles weg, mit der Zeit.«

»Im Gegenteil, sie geben uns, weil sie viel arbeiten und daher viel Steuern zahlen, statistisch gesehen mehr als du.«

»Das ist nicht wahr, das ist alte Regierungspropaganda. Dort drüben auf dem Busbahnhof kannst du sie sehen; sie lassen den Schmutz hier und nehmen das Geld mit nach Hause.«

»Ja! Und warum sollen wir nicht von unserem Überfluss hergeben, warum auch nicht neue Farbe für deren Dörfer?«

»Weil wir uns das nicht leisten können, weil sie uns auszehren. Die meisten arbeiten doch gar nicht, die sind Asylanten oder Arbeitslose und leben von unseren Steuern.«

»Ah, Eveline, du weißt genau, dass das nicht stimmt. Und selbst wenn. Hast du nicht mit Kuren und Krankheit und Urlaub und Frühpension mehr Geld für dich in Anspruch genommen, als du je an Steuern gezahlt hast? Du, eine Frau, mit einfacher Arbeit in einer Bank?«

Jetzt schweigt die Eveline. Ich gebe kluge Zahlen. Sie schaut auf die ersten gelben Blätter des Jahres und sitzt still.

Wäre sie mächtiger mit Worten, würde sie sagen: Hättet ihr mir, als ich noch jung war, mehr Schule gegeben und später mehr Ratschlag, säße ich auch am Bildschirm und reich an Einfällen und Geschäftsideen, schaffte ich Mehrwert wie du. Ja, ich wäre mehr wert, genau wie du, aber keiner hat mir geholfen. Und nach einer Weile würde sie meinen: Immerhin habe ich meiner Tochter Schule gegeben, und sie darf studieren und wird mehr Geld verdienen und Steuern zahlen und teilhaben an diesem Land. Aber ich, ich will jetzt dazu gehören, würde sie denken, so, wie ich bin.

Sie sagt: »Schau dieser Schmutz. Schau, wie schmutzig sie sind.«

Und einer kommt die Friedhofsmauer entlang, im grauen Rock, mit wirren Haaren, in einen grauen, wirren Zopf gebunden.

»Dafür müssen wir zahlen, dass sie so herum gehen, weißt du, wir belohnen sie, dass sie Österreich so beschmutzen. Österreich wird jeden Tag tiefer in deren Dreck gezogen. Und ich liebe mein Land.«

»Eveline«, sage ich, »deine und meine Urgroßmutter war eine Hanakin, trug sieben kurze Röcke, aber keine Hose. Die Notdurft hat sie am Straßenrand rinnen lassen, und ihre Röcke waren so kurz, dass sie die kaum hat heben müssen. Und doch ist mein Sohn ein Doktor und deine Tochter wird eine Frau Magister, siehst du. Und was werden wohl diese sein, in der nächsten und übernächsten Generation?«

»Diese nicht!«

»Was haben sie dir getan, Eveline, wo hat einer je dich angefasst, wo hat eine je dir etwas weggenommen? Warum deine Gegenwehr? Die du die Urenkelin einer Hanakin, die Tochter eines Mähren bist und mit einem Tschechen verheiratet?«

»Die sind ein gutes Volk, bös sind nur jene aus dem Süden.«

Ich schweige. Ich denke: Was ist fremd, Eveline – ist es nicht schön, in die Weite zu schauen? Warum bist du nicht neugierig auf das Unbekannte, Eveline, lässt dich nicht ein auf das Unerwartete, das Anderssein. Wo sind deine Fühler, Eveline, wo dein Horchen, warum ist deine Seele nicht blank wie die eines Kindes?

War ich blank und frei als Kind? würde ihre Seele zu mir sagen, oder habe ich mich lieber verborgen. War ich nicht eingezogen in eine harte Schale wie ein Muscheltier, ich, fremd im Meer des Unwägbaren. Ja, ich war fremd, immer draußen, immer im unbekannten Blau, in einem fremden deutschen Land mit fremdem Namen und harten Klängen, ich, ein mutterloses Wesen, verletztes Kind, eingesteckt in starre Hülsen, in die starre Haut des Trotzes; Trotz aufsetzen musste ich zum Schutz, ich, Kind der Vierziger und Fünfziger Jahre. Ja, fremd bin ich.

Die Eveline neben mir aber, sie schweigt und schaut mit hängender Unterlippe.

Jetzt will ich daheim sein, spricht ihre Seele zu mir, im Vertrauten, sich Wiederholenden. Hier ist mein Österreich und hier will ich keine Störung.

»Ich hab einen Hass auf die«, antwortet die Eveline der Wirklichkeit. »Ich sag dir im Vertrauen, ich hab einen ganz tiefen Hass.«

»Nein, Eveline.«

»Doch, aber doch. Warum soll ich nicht hassen? Warum soll ich mich das nicht trauen? Einmal im Leben den Hass rennen lassen, und keiner kommt und sagt, du darfst nicht. Es ist endlich erlaubt. Wir trauen uns. Kein Hudeln und Vertuschen mehr. Schau, mein Vater, der jetzt hinter der Mauer ist, in seinem frischen Grab, hat er nicht seinen Vater gehasst, weil er ihn geschlagen hat, und hat ihn noch gehasst, da war er längst tot. Und sein Sohn, mein Bruder, er hasst ihn jetzt, und so sehr, dass er nicht zum Begräbnis gekommen ist, hat seine Mami nicht gestützt, beinah wäre sie ins offenen Grab getaumelt – denn sich versöhnen, brachte er nicht übers Herz. Der Hass hat hier Bestand.«

Und ich schweige und denke, Hass ist wie eine Welle, eine kleine Bugwelle läuft vor diesem und vor jenem Menschen her. In friedlichen Zeiten kocht die Luft und sprudelt da und dort. Nur, in manchen Zeiten laufen die kleinen Wellen auf zu einer einzigen, wachsenden, und die nimmt mit Gewalt eine Richtung und türmt sich höher und höher, eine Jahrhundertwelle kann sie werden.

»Bei euch in Deutschland«, dringt die Stimme der wirklichen Eveline in meinen Kopf, »ist doch auch ein Hass, ein ganz tiefer und breiter. Jeden Tag kommt etwas heraus, man hört es überall, warum werdet ihr nicht beobachtet von anderen Ländern, Warum stellt man Deutschland nicht an den Pranger?«

»Oh! Du der Unterschied ist gewaltig! Schau. In Deutschland ist es eine Krankheit der Gesellschaft.«

»Wieso Krankheit?«

»Ja, wie ein Krebsgeschwür. Alle wollen sie loswerden, diese Ausbrüche, diese stinkenden Paraden, diese Dämpfe – vielleicht die Kranken selbst sind es bald leid, das schlimme

Organ zu sein, das Echo des Unrechts; die Last der Aufklärung tragen sie auf verkehrte Weise, indem wir auf sie schauen müssen, wie auf einen Aussatz am Körper Deutschland (und alle Welt schaut). Dabei sehen wir den Mangel, denn dort ist ein Mangel an Zuwendung gewesen. Weil die Politik ihnen die Jugendarbeit gestrichen hat und die Heimat und die Vergangenheit, haben sie jetzt dieses Loch gefunden, durch das sie auf die Bildschirme purzeln. Aber hier ist es die Regierung, die vollmundig ankündigt, was recht ist, hier bauen sie einen Schutzschirm auf für Ausgrenzung, Aburteilung – eine offizielle Bühne wird geschaffen, auf der viele wenig sein müssen oder nichts oder solche sein sollen, die nach draußen gehören. Die Regierungspartei bestimmt, wessen Herz sich erhitzen darf, dass sie herein gehören. Diese Willkür wollen gewählte Volksvertreter.«

»Was haben wir denn gemacht?« fragt die Eveline, die Wählerin, »wo hast du einen Beweis – und wer sagt, dass das nicht richtig ist.« Ihre Augen glänzen, schauen angestrengt in die Erinnerung, »es wird nur aufgeräumt mit dem Dreck der letzten dreißig Jahre, es war wirklich nicht mehr auszuhalten. Und bei der alten Regierung ist ja auch schon viel passiert, nur gelogen hat man halt, verschwiegen – und jetzt gibt man alles ehrlich zu, was die anderen schon längst heimlich betrieben haben. Oder siehst du irgendetwas Neues, besonders Gemeines, dass jetzt geschieht?«

Jetzt schweige ich zu dir, Eveline, ich weiß es nicht so genau, Eveline, ich meine nur, ich habe recht, ganz und gar sicher bin ich mir dieser Richtigkeit; in einem See von Überzeugung treibe ich, und du stehst an einem fernen Ufer, Eveline, während wir beide schweigen.

»Aus dem Verlust heraus, Eveline«, sage ich nach einer Zeit, »sind in Deutschland junge Leute so, aus dem Gefühl des Verdrängtwerdens; hier aber die 30 Prozent, die diese Freiheitliche Partei wollen, und die 30, die sie in Kauf nehmen, die schwimmen im Fett. Österreich war noch niemals so reich. Jedes Dorf ist geschmückt, jedes Haus herausgeputzt, viele leben wie du, ein neuer Adel des Müßiggangs ist entstanden aus Frühpensionisten, Großverdienern, berufslosen Ehefrauen – sie alle genießen die Arbeit der Abdullahs und Fatimas, der Dragans und Miritzas. Und die Regierung plant Gewalt gegen sie.«

»Und die eure? Ist die nicht korrupt? Begeht sie nicht laufend Gewalt im Amt? Tut sie nicht auch Drecksarbeit an den Grenzen? Ihr werdet die doch auch abdämmen, diese schmutzige Flut. Und immer mehr, wenn die Leute erst merken, dass sie euch alles weg leckt.«

»Nein, Eveline. Wir leben in einer Auswechselgesellschaft. Jeder hat Arbeit, der lernt oder wandert. Nur die Sitz- und Hockleute, die bleiben am Rand«.

»Warum sollen die nicht sitzen bleiben dürfen in ihrem Dorf?« fragt die Eveline, »in ihrer Heimat?«

Und ich schweige und denke an die Freiheit als Ersatzgut für Heimat; was ist Freiheit für einen, der nicht neugierig ist, den es nicht drängt und hinaustreibt? Zwangsverordnung von Glück, träume ich, Heimatliebe, Freiheitssinn und Wohlstand.

»Du hast es mir noch nicht beantwortet, Eveline: Wovor fürchtest du dich, wo du doch alles hast, was du brauchst, und dir bislang keiner etwas weggenommen hat? Warum bist du neidig auf die, die erst all das erreichen wollen?«

»Meine Heimat. Sie nehmen mir meine Heimat. Und ich liebe sie, meine Heimat. Alles habe ich zu verlieren.«

Und Eveline schaut auf die Bäume, auf die Spiele von Licht und Schatten, die springenden, sich jagenden Flächen, und ihre Seele sagt:

Angst habe ich vor der nächsten Zeit, vor den kommenden Jahren. Wie ein dunkler Tunnel liegt die Zukunft. Aus der Tiefe steigen unheimliche Bilder. Wir stehen auf einem Schiff, das ins Unbekannte rast, unheimlich sind die Veränderungen um mich herum, niemals mehr kann es besser werden, alles ist vollkommen. Ab jetzt geht es abwärts, ich sinke, ich rutsche, ich gleite hinunter.

»Warum bist du ihnen neidig, Eveline?«

»Ich neide ihnen ihren Platz«, sagt sie und im Stillen kommen ihr die Worte:

Wer sind diese, warum sind sie arm, was wollen sie von uns; ihre Schuld ist es, dass sie arm sind, ihre Dreistigkeit, dass sie trotzdem kommen. Sie sind falsch geboren …und meine Seele antwortet: Wir sind falsch geboren, unsere Eltern waren falsch geboren, deine Großmutter redete fremd, dein Mann hat heute noch den auswärtigen Klang, horch, wie er fremd denkt.

Unheimlich, fühlt sie, wären meine Worte, wenn ich sie spräche: Warum, Eveline, scheust du die Dunkelheit, warum liebst du nicht das Tasten nach Neuem, die Geheimnisse und die Rätsel, warum reizt nicht deine Sinne die Frage, was hinter dem Horizont steht?

Das Vorwärtsgehen macht mir Angst, fühlt sie, das Schauen erschreckt mich, das Fremde verletzt mich.

Warum, Eveline?

War ich nicht fremd als Kind, redet die im Traum, war ich nicht überall fehl am Ort, bin ich nicht immer ein Anstoß gewesen? Jetzt schmerzt mich das Fremde zum Fluch.

Aber sie kann nicht so reden und denken, die Frau, wäscht nicht die Seele, weiß nicht und lernt nicht und schaut sich nicht um.

»Warum hasst du, Eveline?« sage ich laut in das Zischeln des Sommerwindes, »warum magst du dieses Gefühl, das brennt?«

Und sie sagt: »Weil mein Vater seinen Vater gehasst hat, und der Großvater seine Kinder und seine Nachbarn, und da ist noch der Hass des Onkels auf seine Tochter und der unauslöschliche Neid zwischen den Schwestern, meinen Tanten, und in meiner Generation ist es der Bruder, der mich hasst und mich um mein Erbe bringen will, weil mein Vater ihn gehasst hat, und der liegt schon in seinem Grab.«

Und jetzt weiß sie: Da ist so viel Schrecken in der Familie, und ich habe immer zugeschaut und mich verwundert. Aber nun, bevor es zu spät ist, will ich auch dabei sein, es besitzen, dieses heiße Gefühl. Aber da ist kaum einer, ich habe wenig Menschen um mich herum, auf die ich meinen Hass gut verteilen kann, wenn mich der Fuß schmerzt und wenn ich Angst habe, dass die Nacht kommt… Ja, fühlt sie, jetzt ist er erlaubt, der Hass, diese schlaue Medizin, die sie klein macht, die Angst!

Und ich schweige, und meine Augen folgen den Mustern der Steine auf dem Weg. Die stille Straße weckt der Lärm eines Motors, am Sommernachmittag erzittert die Stille, ein Wagen kommt, ein dröhnender Motor – und ich gehe winkend auf das Taxi zu, steige ein und fahre fort. Erleichtert rede ich, die Worte gehen hin und her, dass ich es bald vergesse: was mich so erschreckt hat – ist das Schweigen.

Angelika: Im Augenblick die Aufgabe

Eine Rauchwolke steigt vor die Sonnenscheibe, teilt sich, graue Schwaden fliegen gegen den Hang. Die Dampfmaschine schnüffelt lauter. Vor dem Fenster rast die Böschungskante, stürzt ab. Ein weites Tal mit weißen Häusern zwischen Büschen und Bäumen senkt sich zu einem Bergkamm, im schwarzen Wald die Flecken von Mauern und Dächern bis hoch hinauf. Geli steht auf. Sie streckt den Arm nach dem Koffer auf dem Holzbrett gegenüber, packt den braunen Griff und zieht, die Pappe schleift, die Ecke stößt gegen die Latten der Sitzbank. Den Koffer gegen das linke Knie gestützt, schiebt sie den Riemen ihrer weinroten Tasche über den Oberarm, und geht am nächsten Abteil vorbei, in den engen, dunklen Durchgang. Dort drückt sie sich gegen die Seitentür, den Ellbogen legt sie auf die Klinke, im halbrunden weißen Feld sind geschwungene schwarze Buchstaben: frei. Draußen auf der Plattform lehnt ein Mann, die helle Haarsträhne reißt der Wind hin und her. Das Dach des nächsten Waggons und die Tür rücken und fallen mit den Stößen der Räder, die Lokomotive pfeift, und die Bremsen beginnen zu rauschen. Hinter Geli steht ein Mann mit einem roten Gesicht unter dem Filzhut, die Finger an der Uhrkette. Die Bank im zweiten Abteil glänzt gelb im Sonnenlicht. Der Zug hält mit einem Stoß. Der Mann greift an ihr vorbei und fasst den Türgriff, am Ende der Plattform schlägt die Eisenstange hoch, klickt und fällt in eine senkrechte Schiene. Geli steigt die hohen Stufen hinunter, den Koffer vor ihrem Schienbein. Über dem Schotter, zwischen den Schienen liegen Bretter, am Ende des Übergangs ist eine gelbe Steinstufe, unter der Kante des Vordachs hängt in einem schwarzen Eisenrahmen ein weißlackiertes Schild: STEYR.

Ein Eisenbahner in blauer Uniform stemmt die Hand gegen die Schwingtür, sobald Geli an ihm vorbei gegangen ist, lässt er die Tür los und folgt ihr, sie stellt den Koffer auf den Boden.

»Bitte, Herr, bitte!«

Er bleibt sofort stehen, sieht auf sie herunter.

»Zur Ennsbrücke, bitte!«

Er beugt sich vor, streckt die Hand gegen die Flügeltür, die nach draußen führt. Der Sonnenschein fällt auf die Stangen vor dem Glas, die Schattenstreifen auf den gelben Steinboden werfen.

»Also, Mäderl, erst gehst du da hinaus, nach rechts bis zum gelben Haus, dort links hinunter, dann immer geradeaus und schon siehst du die Brücken. Hast du verstanden?«

»Die Schlüsselhofgasse ist doch auf der anderen Seite der Enns, nicht?«

Er richtet sich auf, »reist du denn allein?«

»Ja«, sagt sie und hustet.

»Wo kommst du denn her?«

»Von Salzburg.«

Eine Frau bleibt stehen und dreht den Kopf zu ihnen her.

»Ganz allein aus Salzburg, sag einmal, wie alt bist du denn eigentlich?«

»Dreizehn«, sagt Geli laut.

»Die Kinder heutzutage«, lispelt die Frau.

»Und deine Mama erlaubt dir das, so herumzufahren?« Der Eisenbahner lächelt.

»Meine Mama lebt nicht mehr.«

Ein junger Mensch stößt die Flügeltür auf, die Schattenlinien gleiten auseinander.

Der Eisenbahner spannt die Schultern und bläst die Luft zischend aus dem Mund, »und wo willst du hin?«

»Zu meiner Tante, die wohnt in der Schlüsselhofgasse.«

Die Frau bewegt sich langsam vorwärts.

»Also du hast ja alles verstanden.«

Sie schaut zurück.

»Du gehst nach rechts und die erste links, über eine Kreuzung geradeaus hinunter, dann über beide Brücken, und vor der Kirche rechts beginnt …«

Die Frau steht hinter der Schwingtür, im Sonnenschein sind ihre Kräuselhaare honigbraun.

»… die Schlüsselhofgasse.« Der Eisenbahner legt zwei Finger an den Kappenrand, lässt sie wegschnellen und geht nach rechts zu den braungerahmten Schalterfenstern.

Das Wasser unter dem Geländer fließt schnell. Hinter der Brücke steht ein graues Haus mit tiefen Fensterluken und rot-weiß-roten Läden, eine enge Straße führt steil bergan. Geli wechselt den Koffer in die linke Hand, hinter dem Lastwagen geht sie über die Fahrbahn zur zweiten Brücke. Das Wasser der Steyr staut sich zu einer dunkelgrünen Fläche, stürzt weiß im Bogen über ein Wehr. Durch das Rauschen des Wassers dringen schrille Schreie, ein nacktes Kind taucht auf, schüttelt den Kopf und springt zurück durch die Wasserwand, ein anderes steigt gebückt von der Seite in das Dunkel unter dem Wasserschwall. Am Ende der Brücke steht die Kirche, die Straße herunter kommt ein Dreiradlaster, mit einem grauen Kühler spitz über dem Vorderrad, sein Motor röhrt zwischen den Häusern. Geli lehnt sich gegen das Eisengeländer, drei Stufen führen hinunter zur Bogentür der Bäckerei. Im Fenster liegt staubiges Schaumgebäck. Der Buckelpflasterweg steigt an, unten, hinter den grauen Schieferdächern fließt milchgrün die Enns.

Die gelbe Giebelwand steht in die Straße hinein. Die Haustür im Schatten der Traufe hat rotlila Bretter schräg gegeneinander. Hinter der Tür hört sie Schritte, die Angeln knarren, und im Spalt erscheint die gebogene Nase der Tante Fanny, ihr hochgekämmter grauer Haarschopf.

»Komm herein!« Sie beugt sich vor, im Mundwinkel ist Speichel, die Lippen treffen Gelis Wange.

»Dass du schon da bist! Der Onkel Franz ist auch daheim, weil er Urlaub hat. Stell den Koffer erst einmal hin, geh nur durch zum Wohnzimmer und begrüß den Onkel Franz.«

Das Wohnzimmer ist hellgelb im Sonnenschein. In der Mitte steht der Esstisch, die Klöppelspitzen deckt eine Plastikplane. Auf der Bettbank, in der Ecke, den Kopf schief, die Unterlippe feucht und die linke Schulter hochgezogen, sitzt der Onkel Franz. Vom Hals über die Wange zur Stirn und zum Ohr ziehen sich rosa und graue und weißglänzende Schlieren. Er hustet, den Blick auf den Schrank gerichtet.

»Bist eh schon da.«

Die Tante kommt mit kleinen Schritten, hebt ein Hemd vom Sessel und wirft es auf einen Stapel Zeitungen. Sie setzt sich und stützt die Hände auf die Knie.

»Willst was zum Essen, hast eh noch Zeit, musst erst um drei zur Göd, net? Zur Göd geht sie«, schreit sie zum Franz hinüber, der dreht den Kopf

»Weiß sie eh, dass du kommst, ha? Ich seh sie ja nie, sie bleibt immer oben im Pfarrhof, sie kommt nie herunter auf die Straßen. Gehst nachher hinüber zu ihr und ich mach dir jetzt was zum Essen.« Die Augen der Tante sind graubraun.

Hinter dem Plastikvorhang an der Küchenwand ist die Badewanne mit einem Holzbrett abgedeckt. Darauf steht schmutziges Geschirr. Die Tante schiebt einen Stapel Teller weg, eine Gabel fällt klappernd heraus. Sie hebt den Topf auf und hält ihn schräg ins Licht der Kugellampe. Mit der Hand kreisend wischt sie die Erdäpfelschalen heraus und lässt sie in den Papiersack neben dem Herd fallen.

»Weißt du, das heb ich alles auf, da kommt eine Frau, die holt das für ihre Viecha. Wie ist's in Salzburg, wie geht's dir denn dort?«

Im Zeitungspapier liegt ein Salatkopf, sie reißt die dunkelgrünen Ränder ab und wirft sie in den Sack, »bei den Ursulinerinnen bist also, im Kloster. Musst da net zu viel lernen?« Sie stellt leere Flaschen gegen die Wand, »und beten auch ? Die Leonie, die was die Tochter von dem Zahnarzt ist, bei dem ich früher im Dienst war, die ist auch in einem Kloster gewesen, jeden Tag um sieben hat sie in die Messe gehen müssen, hat sie gesagt.«

In der Mitte steht eine Schüssel mit Wasser, darin sind blassrosa Fleischstücke geschlichtet.

»Sei so gut und trag meine Hendeln hinaus.«

Die Emailkante ist kalt, das Wasser schwappt.

»Die sind für meine Katzen, der Fleischhauer gibt mir die Flügerln von den Hendeln, jedes Mal wenn ich hinkomm, geben S' mir so viel. Stell s' ins Vorhaus, dass frisch bleiben, sei so gut.«

Geli drückt die geschwungene Messingklinke mit dem Ellenbogen hinunter, die Tür geht auf, aus dem Vorhaus kommt Kühle, der Steinboden schimmert im Sonnenlicht aus der Veranda. Neben dem Tor unter dem gusseisernen Bassenabecken steht eine weiße Porzellanschüssel mit Hühnerflügel. Geli stellt die Emailschüssel daneben hin.

Auf dem Küchenherd brennt eine Gasflamme. Die Tante schwenkt die schwarze Pfanne, damit das Fett über die

Fläche gleitet, »ich hab Erdäpfel und Eier und Speck, einen Salat, ist dir das eh recht, kriegst ein besseres Essen in Salzburg, ha? Die Schwestern können immer gut kochen, bist gern dort, gelt?« Sie stellt die Pfanne hin, hebt das Schneidbrett an und legt es auf den Herd. Sie greift in das Netz mit Zwiebeln und Knoblauch. Die Zwiebelschalen knistern. »Könntest eh auch bei uns wohnen, in der Veranda könntest schlafen«, sie drückt eine Zwiebel gegen das Brett, das Messer ist ein langes, blankes Dreieck, »aber wenn du lieber in Salzburg bist, mir soll's recht sein, aber, wenn du so viel lernen musst, dort. Aber, bist ja ein gescheites Mädel«, sie reibt mit dem gekrümmten Zeigefinger das Auge, das Messerdreieck fährt vor ihrem Gesicht hin und her, »wirst es schon derpacken, musst halt hören, was deine Göd sagt, ob s' dir's erlaubt.«

Die Zwiebeln zischen im Fett. Der Franz ist hinter Geli, er steht gebeugt, ein Hosenträger rutscht über die Schulter, »ein Bier hätt ich gern.«

Er hustet, die Tante bückt sich unter das Waschbecken und lässt die Hand über die Flaschenhälse gleiten. Eine dunkelbraune Flasche zieht sie heraus. Der Chromhahn unter dem Gasofen ragt über einen Stoß Teller, sie kippt ein verschmiertes Glas unter den Hahn, dreht den Knopf, und mit einem Knall springt eine Reihe blauer Flammen auf, das Gas rauscht. Im Glas wirbelt der Wasserstrahl und sprudelt über den Rand.

»Sie will in Salzburg bleiben, aber das kostet halt viel Geld, in der Klosterschul, sie muss halt mit der Göd reden oder sonst schreibst halt deinem Vater nach Deutschland hinaus, aber der ist hart, mein ich, der will keine Studierte nicht zur Tochter. Redest halt mit der Göd.« Sie schlägt das Ei gegen die Schüsselkante, es knackt, und sie zieht die Schalen zwischen den Fingern auseinander, das Eiweiß hängt in einem langen, durchsichtigen Faden herab. »Wozu brauchst denn das wirklich, die Klosterschul, wirst ja eh net studieren dürfen und hättest nachher eh kein Geld für eine Praxis als Ärztin oder als eine Advokatin. Kannst gleich in die Steyrer Werke gehen, da kriegst eine gute Arbeit, die jungen Frauen heutzutag gehen viel arbeiten in die Steyrer Werke, die Annelie, die Tochter von meiner Kusin in der Laussa, die ist auch im Büro von den Steyrer Werken, wo sich doch dein Onkel dort so gut steht mit den Direktoren.« Sie wischt die Hände an der Schürze ab und dreht sich zu Geli. Ihr Mund unter der langen Nase ist klein und rund. Sie hebt einen Holzlöffel aus dem Waschbecken und klopft die Wassertropfen ab. »Da bist versorgt. Wenn du lang dabei bist, kriegst eine Zulage und später eine Betriebsrente, aber«, sie stößt den Holzlöffel in die gelbe Masse, »du heiratest eh vorher einen Kollegen, und dann bist dein Vater los und dei Göd und kannst schön dein eigenen Haushalt haben. Magst eh einen Speck?«

Die Klinge gleitet hinter der dünnen Speckscheibe auf die Schwarte hinunter, »weißt, den krieg ich billig von den Bauern, der ist gut, selber geselcht von der Wolleckerin.« Das Fett zischt. Sie schlägt den Holzlöffel in der Schüssel hin und her. »Also der Onkel Franz kennt die jetzt alle von den Steyrer Werken, seit dem Unfall. Die täten ihm schon einen Gefallen in den Werken, wo er doch die Medaille kriegt hat vom Direktor, vom Herrn Doktor, der gesagt hat, wie er die Ansprach gehalten hat, dass er ein Held ist, der Onkel. Verstehst du? Er hat gesagt, dass kein größerer Schaden an Leib und Leben entstanden ist, verdanken die Werke nur ihm.«

Die Türglocke schrillt im Vorhaus. Die Tante dreht den Gashahn zurück, wischt über die Schürze und geht, die steifen Hüften hin und her drehend, zur Haustür, die knarrt in den Angeln. Eine Frauenstimme kommt hoch und hallend, »bin i eh z'früh dran!«

Die Fremde steht in der Küche mit nackten, runden Armen, und schaut zu Geli herüber, »aber mich hat's daheim nimmer ghalten, in dera Hütten ist's a so heiß, da hab i mir denkt, gehst lieber gleich arbeiten.«

Die Tante schiebt die Pfanne hin und her, die Eier stocken zu weißgelben Klumpen, »gehen S' Frau Pauli, Sie wollen sicher no a Bier bevor S' anfangen, setzen S' Ihnen hinein zum Franz, ich mach nur das Essen für die Kleine fertig, gehen S' nur. Geli, mach die Tür auf, trag das Bier nach.«

Die Frau Pauli ist schon im Zimmer, der Sonnenschein fällt auf ihren Haarschopf, sie nimmt die Hand von Franz und drückt sie, der schaut auf seine karierten Stoffschuhe. Sie streift die Tischdecke glatt, setzt sich auf den braunen Sessel und rückt mit ihm vorwärts bis an die Tischkante.

»I werd heut eh no fertig, i werd scho dazu schaun, weil mir haben Besuch morgen, wisst's, von Kürnberg meine Leut kommen.«

Die Tante stellt den Teller vor Geli, die Erdäpfel glänzen, Dunst von Zwiebeln und Speck steigt auf.

»Ist recht. Die Geli kann Ihnen helfen die Packerln zsammdrehen, gelt, Geli, das machst?«

Die Frau Pauli stellt ein dunkelgrünes Papiermachéauto mit weißen Rädern in die Mitte des Zeitungsstreifens, legt die Kante darüber und rollt das Papier.

»Schaust, dass die Packerln immer gleich sind, pass auf, immer schön rund rollen, weil sie dann gleich ausschauen, die Glückspackerln.«

Sie dreht die Rolle Zeitungspapier, windet Fransenende gegen Mittelteil, kippt das Päckchen und verwindet das andere Ende.

»Schaust her, Geli.«

Sie hält es hoch und wirft es in die offene Schachtel neben ihrem Sessel. Im Sonnenviereck auf dem Tisch liegt ein Stoß geschnittenes Zeitungspapier, im Dunkel der Zimmerecke sind Schachteln bis zur Decke gestapelt, daneben stehen drei offene, in der ersten liegen Papierautos in Bündeln. An der Wand hängt ein gelbes Bild, ein Mädchen mit großen Augen und Ringellocken hat ihren runden Arm auf eine gedrechselte Sessellehne gelegt, ihren Hals schmücken Rüschen und weiße Spitzen.

»So ist's gut, Geli, drehst es recht fest, wirfst es immer in eine andere Schachtel – schau, da ist noch eine –« sie greift unter den Tisch und zieht, der Karton schleift über den Boden, »dass sie schön gemischt sind, die Glückspackerln. Für zwei Schilling verkauft er die, und die gehen weg, alle, weil die Leut neugierig sind auf ihr Glück und immer hoffen, sie finden was Besonderes, dabei sind nur a paar Ringerln, a paar Zuckerln oder die Autos da drin, und die Leut glauben, sie kriegen a Perlenschnur, wenn sie dran sind, aber deine Tante Fanny packt ihnen nur diesen Krempel hinein. Tu das Ende schön festdrehen und schön gleich. Jetzt wo der Franz daheim ist für zwei Wochen, könnt er ja auch mithelfen, weißt, aber er ist sich zu gut dazu«, ihre dicken kurzen Finger drücken die Zeitungsrolle, »seit er ein Held ist, tut er gar nix mehr daheim und in den Steyrer Werken auch net viel, sagt mein Mann, sitzt ummadumm, als könnt er net bis drei zählen, vielleicht kann er eh net bis drei zählen, wer weiß, weil er in der Ecken sitzt und brummt, und man weiß net, brummt er, weil ihm die Welt zu blöd ist, oder weil er zu blöd ist, dass er die Welt versteht. Sitzt da und sieht nix, und sie macht das Geschäft mit den Bauern, mit ihren Standeln, auf die Kirtäg zieht s' ummadum mit ihrem alten Dreiradlaster!« Sie verwindet das Ende der Zeitungsrolle, spreizt es zu einem Fächer, wirft es in den rechten Kartons, leckt ihren Zeigefinger, und schiebt ein neues Blatt von dem Zeitungsstapel. »Riesenschaumrollen verkauft s' und diese Glückspackerln da und Plüschteddies auch noch, lauter Klumpert ist in den Schachteln da, jeden Sonntag steht sie sich in an andern Dorf die Haxen in den Bauch, und er sitzt hinter der Kassa und schaut auf seine Knie, sonst nix. Net einmal zum Geldzählen ist er gut.« Sie wirft das Stück, beugt sich zu den Kartons hinter ihr, greift ein Bündel Autos und legt es auf den Tisch. »Sie verdient mit den Christbäumen zu Weihnachten und mit den Erdbeeren und dem Knofel aus ihrem Garten jeden Donnerstag auf'm Stadtplatz, sie kann kaum no kräulen, die Frau, mit ihrer Arthritis, aber dauernd ruachelt s' irgendwo ummadumm!« Sie wirft ein Päckchen in die Schachtel neben ihr. »Er war immer schon so, auch im Krieg, wenn er heim kommen ist von der Front – i hab nämlich damals schon der Fanny-Tant geholfen – in der Ecken ist er gsessen, schief, er war vorm Unfall schon schief, schau dir nur des Hochzeitsfoto an, schief ist er gsessen und hat auf die Knie gschaut. Nur einmal war er da, war er gschwind, einmal im Leben, weißt, da ist in den Steyrer Werken irgendwas explodiert in der Halle, zischt hat's und kracht hat's, sagt mein Mann, und alle sind grennt, nur er ist zruck, hat den Hauptschalter ummegrissen, sie sagen, er hat die Fabrik, Menschenleben, sagen s', hätt er gerettet. Hat auch eine Ehrung bekommen und alles, weil alle grennt sind, die Vorarbeiter und die Meister und die Ingenieure, alle haben s' den Kopf verloren, nur er ist hin, hat die Dampfleitung abdreht, hat sich selber verbrennt, dass er drei Wochen im Wasserbett gelegen ist, und jetzt ist er no schiefer. Hören S', Frau Köstenberger«, sie schreit durch die offene Tür in das Vorhaus, »soll i auch die Ringerln …« steht auf und geht bis zur Tür, legt die Hand an den Pfosten, »vielleicht sollt ma a paar Ringerln dazwischen packen!« wischt die Hand an der Kleiderschürze ab, den Kopf noch zur Tür gedreht, kommt sie zum Tisch zurück.

»Schau, Geli, tust jetzt die Ringerln einrollen, das ist was für die Mädchen und no a Zuckerl immer dazu, schau her.«

Sie schüttet längliche gelbe und grüne Drops, in durchsichtiges Papier gewickelt, auf den Tisch, und mit der anderen Hand legt sie dünne Ringe mit funkelnden Glassteinen dazu.

»Und du gehst zur Göd, hast scho a Angst, ha? bist ja a gscheits Dirndl, sagt die Fanny-Tant, bist im Gymnasium bei die Ursulinerinnen in Salzburg, gelt? Da lernst Latein, gelt?«

Die Frau Pauli schiebt die Finger in die Schachtel, graue Päckchen rollen auf ihre Hand, sie lässt die Päckchen rutschen und über die Fingerkuppen abstürzen, »willst net lieber in die Steyrer Werke, heutzutag gehen viele Mädeln in die Steyrer Werke, verdienen schön, lernen wen kennen, könntest eh bei der Fanny-Tant wohnen.«

Ein Karton poltert, der Franz steht im Türrahmen und schiebt mit dem Fuß die braune Pappe zurück, »ah, tut's eh schön wickeln, gut ist's.«

Er dreht sich wieder, die Hosenträger hängen in Schleifen, gebeugt steht er, das Gesicht zum Vorhaus gewendet, »sie sagt, ihr sollt jetzt die Ringerln wickeln.«

Hinter dem Torbogen beginnt der Kiesweg neben der Buchsbaumhecke. Vor der Gartenmauer, in einem Käfig aus Maschendraht, schnuppert ein Kaninchen, die Ohren angelegt. Die Katze sieht mit schrägen Augen herauf, ihre Bauchdecke hebt und senkt sich, die Kleinen, die Köpfe gegen das helle Fell gedrückt, schlafen. An der Mauer entlang, durch Kraut und Brennnesseln, windet sich ein Lehmweg, Geli fasst den unteren Ast des Apfelbaumes und zieht sich hoch, die Rindenschollen schaben an ihrem Rock. Auf dem Ennswasser flimmern Sonnenstrahlen und werfen Lichtpunkte in die Mauerkehle des Nachbarhauses. Am anderen Ufer, über den großen Steinen, stehen die Hallen der Steyrer Werke, braune Ziegelbögen und dunkle Eisenfenster. Mit einem Schrei setzt das Gackern der Henne ein, Geli rutscht aus dem Schatten, stemmt die Sohlen gegen den Stamm und springt auf den Boden. Auf dem braungoldenen Zifferblatt stehen die Zeiger auf der Zehn und auf der Drei. Sie streift den Rock glatt, an der Steinstufe hält sie den Fuß schräg, reibt die Schuhsohle gegen die Kante. Zwei Erdbrocken fallen herunter. Mit gespreizten, feuchten Fingern streicht sie durch die welligen kurzen Haare, sie schüttelt den Kopf, dass eine Strähne über die Stirn fällt. Sie steigt auf dem Buckelpflaster dem Schatten ihres Kopfes nach, am Fuß der Böschung blühen Dahlien und Schwertlilien, zwei Reihen Salatköpfe wachsen vor der Giebelwand. Im Fenster steht eine Jesusstatue, die Hände an den Säumen des roten Mantels, der Finger zeigt gegen das Herz auf der Brust, aus dem goldene Strahlen ragen. Im

Glas daneben steckt ein Strohblumenstrauß. Die Alte, den schwarzen Rücken gebeugt, die Hand auf der Türklinke, schaut herauf, ihr Kinn zittert.

Geli geht aus dem Schatten der Kastanien, im weißen Licht sind die Steinplatten blau und grau geädert, sie hüpft überkreuz, nicht auf die Fugen; fünfzig Platten, drei Marmorstufen sind es bis zur braunpolierten Tür. Die Messingklingel läutet leise, weit innen im Haus. Ein Vogel schreit, die Kirchturmuhr schlägt rasselnd dreimal, und Geli drückt wieder den Knopf, hört Schritte und das Knacken im Türschloss. Ein Mann mit runden Augengläsern, im grauen Arbeitsmantel, den Kopf kahl, hält die Tür einen Spalt offen.

»Zur Frau Friberger möcht ich.«

Er nickt und macht die Tür weit auf, im Vorhaus ist es kühl, um das flache, weiße Gewölbe ziehen sich Stuckbänder, auf der verspiegelten Tür gegenüber blendet das Licht von draußen. Der Mann öffnet die Tür in den dunklen Bogengang. Geli folgt ihm, an hohen Gemälden vorbei, im gleichen Schritt über die hallenden Marmorplatten. Die Eichentür geht auf, die Fensternischen leuchten im blauen Schattenlicht der Gasse. Der Alte wischt den Ärmel über den blanken Lack des Tisches, murmelt, schiebt sich zurück durch den Türspalt, die Tür fällt zu. Eine Standuhr tickt. Draußen klappern Schritte. An der Stirnwand, aus dem Goldrahmen, schaut eine Frau aus kleinen, runden Augen auf Geli herunter, dünner, weißer Stoff liegt um ihren Hals, die Hand hält einen Fächer.

Der Mann steht wieder vor ihr, Geli geht durch den Bogengang, durch eine halboffene Tür in einen hohen Raum, über das knarrende Parkett. Vor der letzten Fensternische, in einem Streifen Sonnenlicht, steht die Patin, die zusammengeklappte Brille in der Hand.

»Setz dich dorthin, Angelika.« Sie zeigt auf die geschwungene Sitzbank vor einem spiegelnden Tischchen.

»Bringen Sie Kakao und Gebäck«, sagt sie über die Schulter und setzt sich auf einen grünen Sessel mit steiler Lehne. Die Hand mit der Brille liegt auf dem Knie.

»Du hast mich also in Kenntnis gesetzt, dass du weiter in Salzburg zu bleiben wünschst. Was bringt dich zu diesem Vorschlag, und es kann sich wohl nur um einen Vorschlag handeln.«

»Ich bin gern dort.«

»Mein liebes Kind, das ist eine schlechte Darlegung. Vergnügen begründet nicht vernünftiges Handeln.«

»Ich lerne auch gut. In allen Fächern. Alle sagen das.«

»Das ist deine Pflicht. Aber warum, glaubst du, dass du in Salzburg sein müsstest, um deine Pflicht zu tun und gut zu lernen?«

»Es ist eine gute Schule, und es ist ein Gymnasium.«

»Das Gymnasium braucht man als Vorbereitung für die Universität. Und du willst doch nicht auf die Universität.«

»Doch.«

»Sprich lauter.«

»Ich möchte gerne auf die Universität.«

Die Tür öffnet sich, der alte Mann hält das Silbertablett mit beiden Händen hoch, er geht über den schmalen Teppich, stellt das Tablett auf das Tischchen, dreht sich und geht mit kleinen Schritten hinaus.

»Und was bitte glaubst du, dass du auf der Universität machen könntest?«

»Ich möchte Philosophie und Geschichte studieren.«

Die Kanten der grauen Jacke sind mit grauen Samtborten eingefasst, den weißen Blusenkragen hält eine silberne Brosche zusammen.

»Und wovon willst du leben?«

»Vom Bücherschreiben.«

»Und warum glaubst du, dass du Bücher schreiben wirst?«

»Weil ich es gut kann.«

Die Hand auf dem Knie zuckt. Die Patin steht auf und geht zur Fensternische, die Schultern sind breit und dunkel.

»Das ist eine Anmaßung, über die ich erst nachdenken muss.«

Der alte Mann trägt eine silberne Kanne. Er hält sie über die Tasse und schenkt ein. Die Schokolade fließt in einem dünnen Strahl aus dem zierlich geschwungenen Schnabel. Der Alte kippt die Kanne zurück und geht. Sein Kinn ist mit grauen Bartstoppeln gesprenkelt.

»Glaubst du, dass dein Vater das will?«

Die Patin dreht sich wieder zum Zimmer, Sonnenlicht streift ihr Gesicht.

»Nein.«

»Hast du ihm nach Deutschland geschrieben?«

»Nein.«

»Und warum glaubst du, dass er das nicht will?«

»Weil er mich nicht will?«

Sie geht zum Sessel und stützt den Unterarm auf die Lehne, die Finger mit zwei Ringen, einem weißen und einem hellblauen Stein, liegen auf dem Samt.

»Und deine Mutter, was glaubst du, würde deine Mutter denken, wenn sie noch lebte?«

»Sie würde das auch nicht wollen.«

»Warum weißt du das?«

»Ich hätte eine andere Meinung als sie – glaube ich nach dem wenigen, was ich über sie weiß.«

Die Patin zeigt mit dem Finger auf die Porzellantasse, Geli hebt sie auf, sie ist warm und hat einen silbernen Rand.

»Du siehst das richtig. Dein Vater hat sich für diese Familie entschieden, er hat deine Mutter geheiratet, die, wie man sagt, aus einfachen Verhältnissen stammt, siehst du, und deshalb wäre es dir angemessen, in eine Lehre zu gehen, einen Beruf zu wählen, der dieser Familie entspricht und dort ein vernünftiges Leben zu führen, wo Gott dich hingestellt hat, ein Leben in Güte und in Nächstenliebe, heißt das.«

Die Schokolade ist bitter und heiß, ihr Duft sammelt sich im Rund der Tasse.

»Was gibt dir die Vermessenheit, einen freien Beruf haben zu wollen?«

»Ich kann gut schreiben. Ich schreibe schöne Aufsätze.«

Geli setzt die Tasse mit einem harten Klang in den Silberring der Untertasse.

»Bist du so sicher?«

»Meine Lehrer sagen das auch und mein Katechet.«

Die Patin geht um den Sessel herum, setzt sich und faltet die Hände zwischen den Knien.

»Und wenn du scheiterst nach allen Bemühungen, gesetzt den Fall? Das Wohlwollen, die Mittel und die Anstrengungen fremder Leute, die du in Anspruch genommen hättest, wären vergeudet. Du selbst wärest eine Frau ohne Familie, ohne Beruf, allein. Und scheitern wäre leicht, nahezu vorgezeichnet, da du keine Mittel hast und keine Empfehlungen, und an dem großen Talent darf ich wohl auch noch zweifeln. Warum also, warum das Wagnis, wenn auf der anderen Seite Freundschaft, Beruf, Familie stehen?«

»Ich glaube, dass es schön ist, die Menschen mit schönen Schriften gescheiter zu machen, ich glaube, dass man das tun muss, wenn man es kann.«

»Und du glaubst, man wartet auf dich, auf deine Worte. Du wirst erwachsen, gehst hin und schreibst auf, was du denkst, einfach so. Nur weil du es wünschst, wird es gedruckt, und weil du es so schreibst, werden es die Leute lesen.«

»Nein, ich muss natürlich in eine gute Schule gehen und viel arbeiten, und dann könnte ich in einer Zeitung als Lehrling anfangen.« Geli nimmt ein Keks und reibt es zwischen Daumen und Zeigefinger, »vielleicht hilft mir die Mutter Äbtissin und ich kann bei der Furche, der katholischen Sonntagszeitung …«

Die Patin schneidet mit der Handfläche durch die Luft, »ich habe gelernt, man soll bei seinen Leuten und bei seinen Möglichkeiten bleiben, nur das bringt Heil. Es kommt nicht darauf an, ein glänzendes Leben zu führen und die Menschheit mit Kunst zu beseligen. Ich als deine Patin habe die Verantwortung für dich vor allem auch vor Gott, und vor Gott zählen allein die guten Taten, und wie man seinen Platz ausfüllt, und ob man tut, wozu man auf der Welt ist. Der Sinn des Lebens kann auch in einem einzigen Augenblick bestehen, aber er muss zum Ruhme Gottes sein.« Sie zieht die Augenbrauen hoch, wendet sich ab und geht zur Tür, »ich werde mich auch mit anderen Leuten beraten, ehe ich endgültig entscheide.« Sie öffnet die Tür, »komm zurück um sechs.«

Geli tappt die flachen Steinstufen hinunter, zwischen den Häusern leuchtet die Enns. Die Gartentür ist offen, das Sonnenlicht flimmert zwischen den Blättern im Rondell, über den Kiesweg läuft ein Vogel. Hinter der grünen Wand der Buchsbaumhecke steht eine Statue, den Kopf gegen den Rosenstrauch geneigt, auf ihrem Hals wächst Moos, weich und warm unter der Hand, Efeu rankt über den Boden, hinauf zu den Schnitzbalken der Veranda, in ihrem Schatten steht die Frau Pauli und wringt ein Wäschestück.

»Na, war die Frau Friberger streng? Das ist eine ganz eine Finstere, was, die Frau Göd. Ich war viel bei ihr aushelfen, im Krieg noch, da hat sie ein großes Haus geführt, ganz Steyr ist kommen, der Herr Doktor und die Direktoren von die Steyrer Werke, der Herr Bürgermeister und von der Partei waren s' auch da. Jetzt lebt s' eher mehr zurückgezogen, aber wenn die was will, dann ist's net leicht, was dagegen zu machen, mein ich. Geh hinauf Kaffee trinken, tu deinem Onkel Gesellschaft leisten.«

Geli geht die gewundene Stiege hinauf zum Vorhaus. Der Steinfußboden hat eingepresste Rosetten. Sie geht gegen den Lichtschein, die Verandatür ist angelehnt, vor die Glasscheiben sind bestickte Baumwollvorhänge gespannt. Der Diwan hat einen grauen Plüschbezug, weiche geschwungene Muster, Geli lehnt sich gegen die Täfelung, zwischen den Tannen fließt die Enns, flussaufwärts stehen die Häuser am Wasser, hoch und schmal, mit steinernen Fensterrahmen und steilen Ziegeldächern, die Brücke ist ein feiner, schwarzer Gitterstrich. In der Halle bricht der Dampf heraus, zischt gegen das gläserne Oberlicht, fällt über die Maschinenbänder herunter, der Franz springt vorwärts und läuft, die Menschen drängen ihm entgegen, stoßen, er drückt die Hände gegen Leiber, nassen, weichen Stoff, schiebt sich am Pfeiler vorbei, Hitze und Rauschen und Schreie, er läuft und springt, die Hand vor dem Mund, der Hebel ist oben, er schlägt die Hand dagegen, das Eisen glüht, er reißt seinen Rock herunter, in der Hand klopft der Schmerz, renn, ruft einer durch die Schwaden, komm schnell, er hämmert die umwickelte Hand gegen den Hebel, der Hebel weicht ein Stück, klappt herunter, Glut und Kälte schlagen ins Gesicht, die Halle wird milchgrau und dunkelrot um ihn.

Geli geht durch das dunkle, kühle Vorhaus, der Vorhang in der Küche ist zugezogen, im Wohnzimmer sitzt der Franz, den Ellbogen an die Brust gedrückt, die braune Hand liegt auf dem Plastiktischtuch. Geli setzt sich neben ihn. Die Lider flattern, er runzelt die Stirn. Über der Bettbank auf dem Foto schaut er herüber, das Haar in glänzenden Wellen hochgekämmt, ein Myrtensträußchen steckt in seinem Rockaufschlag, er lehnt die Schulter gegen die Fanny im dunklen Rüschenkleid.

»Soll ich dir etwas holen, willst du etwas, vielleicht soll ich dir einen Kaffee machen?«

Er nickt. Die Unterlippe hängt locker, die andere Hand fährt in die Tasche, mit einem grauen Taschentuch wischt er über das Kinn.

»Ein Bier möchst mir bringen. Beim Fenster in der Kuchl steht eh eins.«

Sie drückt den Bügel mit einem Stoß nach oben, ein Schaumzapfen tritt aus dem Flaschenhals. In der Vitrine des Schrankes stehen Gläser mit breiten Goldrändern. Sie legt den Finger auf die flache Glasmulde und schiebt die Scheibe zurück.

»Lass nur«, murmelt er, »is eh gut so.«

»Schau, aus einem schönen Glas sollst dein Bier haben.«

Der Schaum steigt, sie lehnt sich über seine Schulter und stellt das Glas vor ihn hin. Aus der grauen Wolljacke kommt ein Geruch von Holz und Heu. Die Narbenschlieren laufen von der Nase weg zur Stirn, zum Ohr, rote Adern, rote und weiße Flecken sitzen dazwischen.

»Geht es dir gut?« spricht sie zu dem schütteren Haarschopf hinunter.

»I hab Urlaub.« Er greift nach dem Bierglas. »I hab jetzt mehr Urlaubstäg kriegt von den Steyrer Werken.« Er trinkt, stellt das Glas hin und hält es. Draußen fallen Schritte auf das Pflaster.

»Die Fanny ist in den Garten gangen, kommt eh bald zrück.«

»Ich möchte vielleicht bei euch wohnen.«

Er nickt.

»Vielleicht in den Steyrer Werken arbeiten.«

Hinter der Zimmertür schlägt eine Uhr an.

Der Pfarrhof ist jetzt im Schatten, hoch über dem Dachfirst liegen Federwolken im blassen Himmel. Die Tür ist angelehnt, und Geli geht in das Haus, sie geht zur Tür gegenüber, ihrem Spiegelbild entgegen, das Haar fällt in einer welchen Welle in die Stirn, sie legt die Finger hinein und zieht sie hoch, drückt die Strähne gegen den Kopf, ihre Stirn ist breit, die kleinen, braunen Augen starren.

Die Tante steht auf der dritten Marmorstufe, die Hand am Geländer. »Ich habe beschlossen«, sie schaut unter schweren Lidern auf Geli herunter, über ihrer Lippe ist ein dunkler Schatten, »dass du in Salzburg bleiben darfst, da man in kirchlichen Kreisen bereit ist, dein Schulgeld zu übernehmen. Also will ich mich nicht dagegen stellen. Die möglichen Folgen wirst du selbst tragen müssen. Im Falle des Scheiterns werde ich dir nicht helfen. Leb wohl.«

Geli steigt eine Stufe hinauf und legt ihre Hand in die kalte Hand der Patin, sie spürt die Fingerspitzen, als sie ihre Hand wegzieht.

Sie geht hinaus, mit großen Schritten über das Pflaster, die Fugen fliegen unter ihr weg, der Rauchfang steht im blauen Himmel, die Schritte hämmern, die Brust sticht. Die Kirchentür ist schwer, sie stemmt den Körper dagegen. Drinnen ist Dämmerlicht und Weihrauchduft, sie geht zwischen den Bänken vorwärts, sie kniet nieder, legt die Hände vors Gesicht und atmet den Dunst der Haut. Der Mesner kommt durch die Seitentür, ein Spitzentuch trägt er über dem Arm, er legt es auf die Marmorplatte des Altars und beginnt es auszurollen.

Mariana, die Verletzte

Pünktlich zum 11. November gab Mariana Benezet diese Annonce auf:

Im Gedenken an unseren geliebten Vater und Ehemann Michel Sauber, der am 11. November 1943 von der Gestapo auf offener Straße erschossen wurde. Wir werden ihn nie vergessen.

Darunter setzte sie ihren schönen südfranzösischen Namen und den mitteleuropäischen ihrer Mutter: Anna Sauber. Sie bestellte diese Annonce jedes Jahr in der Zeitschrift Libération, für sich und für ihre Mutter. Früher, als die Mutter noch nicht in der Vorstadt wohnte, hatte sie diese Zeilen in der Redaktion abgegeben. Am Tage selbst suchte Mariana im Zeilengewirr der Anzeigen das kleine Rechteck heraus, das – vier Zentimeter lang und zwei Zentimeter hoch – in vier Zeilen leuchtend, ihre niemals sich schließende Wunde ankündigte: den Verlust des Vaters. Sie besaß eine Photographie von diesem Vater, in graubraunen Tönen, die zeigte einen lächelnden, eleganten Flaneur, neu in Paris, erlöst aus der Dumpfheit der östlichen Heimat, preisgegeben den flimmernden Ereignissen in einer den Geist entzündenden Stadt. Daneben die Mutter, es lächelt auch sie, aber verhalten, zögernd ist ihr Schritt in der neuen Heimat, lang und verhüllend der Mantel, steil und elegant der Hut, den sie sich geleistet hat, für die Ankunft in Paris. Mariana war eineinhalb Jahre alt, als ihr Vater auf der Straße zu Tode kam. Der mutige Vater, für die gerechte Sache.

Die Mutter war fremd und allein mit dem Kind in Paris. Im Stillen, im Verborgenen. Mit gefälschten Papieren unter falschem Namen, besucht von fremden Freunden der Partie Communiste. Sie bringen Erdäpfel und Reis …

Paris wird befreit, und die Schlucht, die Anna und Mariana vom freien Leben in Paris trennt, wird schmaler. Die Mutter mietet ein kleines Appartement in einem engen Haus im Quartier Latin. Sechs steile Stockwerke steigt Mariana jeden Tag hinauf zur Mutter, wo Tee und Blinis bereitet sind und wo sie die Wärme und das nachsichtige Lächeln der Mutter umfängt, jeden Tag.

Die Mutter, fremd in Paris, bringt Mariana in eine katholische Schule. Mariana durchwandert die Straßen des Quartiers hinter Saint Germain, wo die Gässchen aufsteigen zum Panthéon. Ihre französischen Freundinnen und Mariana in blauen Kleidern, weißen Blusen, blauen Mänteln – im Jardin du Luxembourg. Mariana fremd.

Warum hast du eine unstillbare Sehnsucht nach unserem Leben, Mariana?

Weil ihr habt Väter und Geschwister, Verwandte und französische Namen, Erinnerungen an die französische Heimat, die Geschichten eurer Familie, an dieses Land gebunden.

Wir haben Väter, die spät abends kommen, strenge Fragen stellen, allein mit der Mutter speisen, samstags uns ins Museum führen und achtgeben, ob wir staunen... die uns sonntags zur Kirche bringen und horchen, ob wir singen. Und die Geschwister! Jedes zweite Jahr ein neues Geschwister, mit dem wir die Mutter teilen müssen. Du hast deine Mutter für dich allein, deine zu jeder Zeit gegenwärtige, nach allen Seiten liebende Mutter, deine immer zufriedene Mutter, die dich niemals verlassen wird, wie wir jeden Tag einmal verlassen sind. Sieh es von unserer Seite der Kluft, Mariana.

Ja! Ich war Mangelkind, Kriegskind, Fluchtpunkt der Hoffnungen auf eine bessere Zeit für einen freieren Geist, eine großzügigere Ordnung. Deshalb gibt mir die Mutter alles. Alles für eine bessere Ordnung.

Zum Religionsunterricht in der jüdischen Gemeinde kam auch Josiane. Nachmittags gingen sie spazieren, Josiane und Mariana. In zutraulichen Gesprächen drifteten sie fort von den hohen Häusern der Boulevards. Sie verließen die düsteren Fassaden und Schmuckeisengitter, sie gingen über die Brücken, sie tauchten ein in den Marais. Dort waren die Straßen gewunden wie an der Contrescarpe, wo Mariana wohnte. Auch hier die Häuser so schmal und weiß getüncht, mit kühlen, dunklen Eingängen und schwärzlich nassen Hinterhöfen. Sie erkundeten die Engen, die Impasses, die kleinen Plätze. Sie starrten in staubige Schaufenster, in denen Bücher mit seltsamen Zeichen lagen. Rätselhafte Welt. Josiane und Mariana, sie setzten sich in kleine Restaurants zu Blinis und Tee, sie horchten auf den Nachhall der Geschichten von Rabbi Chanina, riefen sich Worte zu, Satzsplitter, Nachdenken über Maimonides. Spiegelungen einer vergessenen Heimat, der verlorenen Vorfahren eines immer gegenwärtigen Vaters.

In einem rotfarbenem Geschäft voller alter Bücher findet Mariana einen Gedichtband von Paul Celan. Nimm ihn mit, ruft der kraushaarige, fröhliche Verkäufer, der gehört zu dir. Gedichte von wunderbarem Klang. Geschrieben in der Sprache der Mörder. Mariana beginnt, mit den ihr eigenen stimmhaften, schwingenden Lauten die Sprache ihrer Mutter zu lernen.

Weil die Mutter fremd ist, nur mit schweren Lauten die schnellfließende fremde Sprache spricht, studiert Mariana französische Literatur und französische Geschichte. Eindringen in den Kern des französischen Lebens. Getragen werden von den Sicherheiten des gegebenen Landes. Mariana an der Universität, sie und ihre Freundinnen. Wie sich losreißen vom allgegenwärtigen bürgerlichen Anstand? Wo sind die Inseln der Freiheit? Dort im Cinquième Arrondissement, wo Mariana wohnt und studiert, im Quartier Latin, wohnen auch die Studenten, die Künstler, die Tagträumer und Clochards. Freie Menschen von überall, die Freiheiten suchen. Viele Schichtungen von Erwartungen, Selbstbildnissen, eingeübten Verzweiflungen. Menschen, die sich kennen, zufällig treffen auf der terrasse de café, sich besuchen, sich bereden. Künstler mit Werken und Nachahmern, Denker mit Vorbildern und Zurufern, Künstler ohne Werke und ohne Geld; nachts in den Boîtes, den Künstlerlokalen klein wie Schachteln, singen sie Lieder aus ihren Ländern für kleine Münzen. Mariana zwischen ihnen: Wo sind die Kampflinien des Widerspruchs? Mariana tritt in die Partie Communiste ein, wie einstmals ihr Vater. Jeden Samstag verkauft sie die Zeitung Humanité an den Kaffeehausterrassen, an den Ecken des Boulevard Saint Germain.

Menschen, die sich für die Partie Communiste einsetzen, sind Menschen, die ihre Existenz begreifen wollen, in einem von Bindungen losgelösten Raum der Gedanken. Gedanken erregen Furcht, Furcht fordert Tapferkeit heraus, Tapferkeit braucht Stärkung. Es geschehen viele Gespräche – Gespräche in den Cafés des Boul' Mich', in den Restaurants an der Place Contrescarpe, in den schmalen Häusern des alten Quartiers, über farbig feuchte Stiegenhäuser, hinter bunten Türen.

In Marianas Zimmer reden die Menschen miteinander. Sie kommen, so oft sich zwei irgendwo getroffen haben, wann immer ein Zufall spielt und einen Grund herauskehrt. Mariana besorgt Vin du Maroc für zehntausend Francs die Flasche, tischt überreifen Camembert auf, den die Käsefrau am Markt verschenkt hat, jemand bringt frische Baguettes mit – auf dem alten Sofa der Mutter, auf wackligen Hockern, auf der Holztruhe aus Czernowitz sitzen sie im Kreis: der kanadische Maler Joe, Kim, die lesbische Frau aus Norwegen, die Trompete spielt nachts in den Clubs, das asiatische Wesen, das Spinnwebtücher bemalt, ein namenloser Mathematiker, der über Mystik nachdenkt und den Tarot aufschlägt… die Denkerinnen und Freundinnen von der Sorbonne – Josiane und Paupaule, Dominic, Pierre und Jacquot. Dass wir so zusammen sein können. Paula erzählt von ihrer Kindheit in Ägypten, David aus New York von seinen Überlebenskünsten. Besondere Vertrautheit ist mit Paula und David und Jacquot. Sie vergleichen ihre Kinderängste in der geborgten Heimat, sie reden über die Wege des Denkens, denken nach über Sartre, lesen Maimonides und Spinoza und zitieren Simone de Beauvoir.

Fremd und wild ist der Gascogner Matthieu. Mariana und Matthieu – auf den Kaffeehausterrassen nennt man sie das wundersame Paar. Mariana, die Schöne aus den Tiefen Europas, mit rotem Haar und grünen Augen und einem wissenden Lächeln, Mariana, die alle Kunstereignisse rund um das Panthéon kennt, die immer treffsicher den richtigen Treffpunkt wählt… und Matthieu, der nach innen gewandte Dichter, mit buschigem Haar und wucherndem Bart und wilden Augenbrauen, der Hervorbringer seltsam schwingender Verse, der Zweifelnde, von der Wahrheit der Worte Aufgewühlte, auf die Verzweiflung Wartende, der Trinker-Poet – le poète maudit. Verflucht ist die gequälte Seele, die Marianas zuversichtliches Lachen braucht als Beiwerk zum Rausch, den er mit Alkohol und Äther anheizt, bis er die raren Verse hervorbringt, die ihn danach so erschrecken.

Mariana wird schwanger. Also heiratet sie Matthieu Benezet.

Das Zimmer füllt die Breite des alten Hauses: zwei Fensterachsen. Fußbodenbretter mit dunklen Ritzen, aus denen Käfer kriechen; in der Nische an der Rückwand liegt die Schlafmatratze. Auf Brettern und Regalen an der Längswand entfaltet sich Marianas Kocheinrichtung – Elektroplatte, Wasserkocher, Pfanne und Topf, Schüssel und Teller, Dosen und Schachteln. Ein geflochtener Lehnstuhl steht da, der abgebrochene Fuß durch eine Dose ersetzt. Eines Tischlers Werkbank vor den Fenstern ist Matthieus Arbeitstisch, übersät mit Papieren und Büchern, Flaschen, Gläsern und Pfeifen, Zeitungen und Zetteln. Matthieu arbeitet nachts. Seine Freunde besuchen ihn nachts. Mariana liegt unter ihrer Wolldecke und spürt ihre Nacktheit. Sie kann nicht aufstehen, sie will so nicht gesehen werden, weißschenkelig, dickbäuchig, mit zerzausten Haaren; und würde sie hervorkommen und sich zeigen und dazu setzen, sie würde Kaffee trinken, rauchen, reden, hellwach werden, auch nicht am frühen Morgen einschlafen, wenn die anderen gegangen wären, und Matthieu gegen die Wand hin seinen Körper klein rollte. Der Arzt verlangt von ihr Ruhe und Schlaf. Ruhe für das werdende Kind. Mariana unter der Wolldecke nackt und unbeweglich, horcht auf die Gespräche über die Mystik der Zahlen, über Bedeutungen der Farben. Über immer gesehene Gesichter. Über hastig gelesene Geschichten. Matthieu und der Mathematiker, Matthieu und Joe aus Kanada, Matthieu und der junge Jerôme. An das Murmeln und Reden sich gewöhnen, denkt

Mariana. Und vertraut wird ihr der Lichtschein der Lampe, der Klang der Stimmen.

Komm herein, Mariana, komm, sei nicht scheu, setz dich zu uns. Matthieu hat die Stimmung, die nach einem Schub durch rosa Pillen kommt. Marihuana zuerst, dann die kleinen Kügelchen, am Ende wird ein wenig Äther geschnüffelt. Jetzt hat er die glänzenden Augen – das leuchtende Gesicht, die tänzelnden Bewegungen vor dem Aufstieg. Der Cherub vor seinem Himmelsflug. Jerôme liegt im Bett in Marianas wollene Decke eingerollt, nackt die Schulter und in der Höhlung der Achsel duftet das Schweißhaar nach Marianas Seife. Bleib hier. Du bist eingeladen. Matthieu lächelt. Mariana hat schon die Tür zugeschlagen. Um zu Freundinnen zu flüchten, ist es zu spät. Vor der Mutter schämt sie sich.

Mariana empfindet keinen Schmerz in dieser Nacht. Sie treibt nur die Sorge voran, wo ungestört sein, wo ausruhen, wo nicht frieren. Sie hat kaum Geld bei sich, es reicht für ein Glas Tee in einem Nachtcafé, dann geht Mariana zu Fuß, durch das nächtliche Paris, das an vielen Stellen gewaschen wird, immer wieder steigt sie über kleine, schnell fließende Bäche von Wasser, das den Schaum und den Schmutz den Öffnungen der Abwasserkanäle zutreibt. Ein Clochard verjagt Mariana von seiner Bank, ein Mann spricht sie an, spürt die Kälte, den Zorn, die Verletzung an ihr, er bricht seine Rede mitten im Satz ab und geht zur Seite, hinunter die dunkle Straße; Mariana hinauf zu den Lichtern, zum Morgenrot hinter Saint Michel de la Montagne. Bei ihr zu Hause schlafen die beiden Männer eng umschlungen, Mariana räumt auf, kocht Kaffee, liest im Lehnstuhl und wartet und geht wieder, kommt zurück; die beiden sind fort.

Am Abend ist Mariana allein mit Matthieu. Es ist noch immer das Lächeln in seinem Gesicht, ein Ausdruck, den Mariana kennt, die Wonne der Neugier auf ein neues Gefühl, eine Lebenswelle, die aus den mitgeteilten Erlebnissen eines anderen entsteht und die Liebe trägt. Am nächsten Tag kommt Jerôme schon zur Abendmahlzeit, Mariana serviert Blinis und Salat und geräucherten Fisch. Sie geht hinunter auf die Straße, um Zigaretten zu holen, sie ruft vom Tabac aus Josiane an: Matthieu habe Grippe, sie wolle sich nicht anstecken, ob sie ein paar Tage bei ihr bleiben könne? Mariana im Studierzimmer der Freundin auf in der Ecke aufgeschichteten Matratzen, nicht genug Raum für Mariana. Nach fünf Tagen kommt sie zurück. Wo warst du so lange? Matthieu im Chaos von Blättern, Fläschchen und Flaschen, warum tust du mir das an? Ja, du tust mir das an. Weil du dich verschließt in deine Keuschheitsmuschel. In deine bürgerliche, katholische, jüdische, besitzgewisse Gefühlsabgrenzungskapsel. Du musst dich an Gemeinsamkeit gewöhnen. Warum nur Gespräche teilen und das Essen, warum nicht auch Essen und Körperlust teilen – wo ist da eine Grenze? Es tut nicht weh, keiner will dich verletzen, ich mache dir nichts Böses, ich mache es nur für mich und du tust es für dich, und so sind wir zusammen, es ist ganz natürlich. Alle Antennen ausfahren, Mariana, alle Grenzen spüren, alle Säfte kosten. Vivre avec moi, c'est comme ça.

Vivre avec moi, c'est comme ça. Wer mit Matthieu zu leben wagt, der muss seinen Sinn weit machen. Mariana will sich nicht daran gewöhnen. Am nächsten Tag fährt sie zu Matthieus Vater in die Gascogne. Sie will ihr Leben in Ordnung bringen.

Ich muss mein Leben in Ordnung bringen, sagt Mariana. Matthieus Vater hat die leuchtend braunen, goldgefleckten Augen wie Matthieu, ein alter Mann mit den Augen von Matthieu. Sein Blick gleitet über ihre Gestalt, die Birnenwölbung ihres Bauches. Zusammenleben mit Matthieu, das geht nicht, brummt er.

In der Wohnung an der Place Denfert-Rocherau ist alles in Ordnung. An der altmodischen Täfelung des weitläufigen Wohnzimmers zeigen zartgrüne Linien den Zierrat an, im Zimmer des Kindes wehen weiße Musselinvorhänge, das kleine Schlafzimmer zum stillen Hinterhof hüllt Mariana ein mit satten Teppichtönen. In der bunten dreieckigen Küche kann sie werken und kochen für sich und das Kind Antonin. Geld für ein Jahr Lebensunterhalt hat der alte Gascogner ihr gegeben und für diese Wohnung, nur zwei Metrostationen von ihrem Quartier entfernt; auch hier sind die Gassen vertraut, der kleine Markt in der Rue Daguerre ein Treffpunkt der Leute, der Montparnasse ist nah. Und der Jardin du Luxembourg.

Mariana beendet in diesem Jahr alle Prüfungen und Proben für das Lehramt mit Glanz und wird hohe Beamtin des französischen Staates.

Den jungen Lehrerinnen weist der Staat die schwierigen Schulen zu, in der Banlieu oder an den nördlichen Portes von Paris. Mariana fährt jeden Tag in eine Schule nahe der Porte de Clignancourt. Mariana liebt ihre Schüler, sagen die Kollegen, das schafft ihr die Auswege aus den leeren, lauten Stunden. Mariana liebt diese Kinder der Arbeiter, der Kommunisten, der Fremden… ausgesetzt aus überall.

Alles, was sie weiß und lernt, ist zum Nutzen des Kindes Antonin. Für ihn findet sie einen jüdischen Kindergarten im vornehmen Teil der Rue Vaugirard, bringt ihn jeden

Nachmittag in eine kreative Spielstunde am Boulevard Raspail. Sie führt ihn, kaum, dass er sprechen kann, in Ausstellungen, durch die französische und die jüdische Kultur. Eine warme, immer fröhliche Mutter ist sie für ein hochbegabtes, wunderschönes Kind. Das Kind ist der künstlerische Freund, ein spielerischer Geist, der alles packen kann – das Kind Antonin ist der Fluchtpunkt aller Zukünfte.

Abends lädt Mariana oft Freunde ein, alte und neue. In ihrem fünffenstrigen Wohnzimmer sitzen sie, über der tosenden Place Denfert in der Abendsonne am schnell erweiterten Gartentisch, auf vielerlei zusammengetragenen Stühlen. Josiane wird Vertraute des Präsidenten Mitterand, Paula hat ihre ägyptische Kindheit in einen Roman geformt und den Prix Femina erhalten, Pascale den Philosophen und Psychoanalytiker Hassoun geheiratet. Jeden Monat erscheinen faszinierende Aufsätze von Hassoun in den großen französischen Zeitschriften. Paula arbeitet für den Radiosender France Culture und bringt neue Freunde mit – einen Schriftsteller aus Bordeaux, einen Philosophen aus Straßburg, den Architekten Paul und seine seltsam schmale venezianische Frau. Mariana kocht und serviert mit großer Behendigkeit, sie weiß die Leute zu dirigieren, mit zarter Unauffälligkeit, dass sie Schüsseln auftragen, dass sie Gespräche anfangen. Gespräche über die Politik, über den Verrat an der Kultur, über den Hunger in Afrika, über die Versöhnung mit Deutschland. Je näher die Freunde den Schaltstellen der Ereignisse rücken, um so eiliger und allgemeiner werden ihre Reden – perlende Plauderfetzen – aber Mariana weiß zu verknüpfen, bekannt zu machen, Denkanstöße zu geben.

In der Wärme der Wohnung, in der Anmut der dahinfließenden Tage verpuppt sich Antonin. Er wird wortkarg. Mariana weiß nicht, wohin er geht, wann er wieder kommt, seine Schuhe sind staubig und abgenutzt, wie von langen Wanderungen. In der Schule besteht er nur noch mit dem Kleinsten und Allgemeinsten, das er aus seinem Kopf holen kann, um in Ruhe gelassen zu werden. Antonin soll Deutsch lernen, die Sprache der Mörder, die Sprache von Celan und Weissglas und all der wunderbaren Menschen aus Czernowitz. Antonin reist auf Schüleraustausch nach Berlin und taucht dort ein in das türkisch-slowenisch-jordanisch-afrikanische Leben. Mit seiner Freundin Ariane.

Oh, hätte ich nur eine Tochter wie Ariane! Wie beneide ich die Mutter einer solchen Tochter – die weiß, was sie tut. Ethnologie, französische Sprache, Befreiungsgeist, Gerechtigkeit – alles, was sie will, gehört ihr. Und schau dir an Antonin: Er ist verschlossen, schweigsam, unbeweglich, tatenlos. Er nebelt sich ein in Gedanken – und tut nichts, außer schlafen und träumen, Musik hören. Schau an sein Zimmer: Alles liegt da, wie es Antonin aus der Hand fällt. Unordnung und Untätigkeit sind sein Prinzip. Er lebt in einem selbstgeschaffenen Nichts.

Er hat die empfindlichen Antennen seines Vaters (den er bewundert). Du musst das verstehen, Mariana… und warten.

Wie soll ich warten, wenn sein Schweigen endlos ist. Wie soll ich ihn verstehen, diesen kleinen Gascogner, wie soll ich hinter die Gedanken dieses Männchens schauen, wie soll ich sie entziffern?

Er hat nicht die selbstzerstörerische Art seines Vaters. Er hat nur eine Wartezeit und er hat Ariane.

Antonin: nach dem Baccalauréat und einem Jahr der Trägheit, beginnt er zu studieren, aber an einer Fachhochschule. Buchhaltung. Etwas, das Mariana nicht versteht und nur aus den literarischen Karikaturen der französischen Literatur kennt. Antonin lernt schnell und ohne darüber zu reden. Mariana hat ihm eine winzige Wohnung gekauft, soll er sein eigenes wildes Nest haben. Antonin beendet sein Studium ohne darüber zu reden. Er richtet mit seinen Freunden ein Café ein, einen Club. Antonin, der die Zahlen weiß, der mit Rechnungen spielen kann, ist der Pulsschlag des Clubs. Er bestimmt, was gekauft und verkündet und gespielt wird.

Mariana ist der Pulsschlag unseres Freundeskreises. Sie findet eine Praktikumsstelle für Pascales Sohn, sie weiß eine Wohnung für Jacquots Tochter, sie versöhnt den Architekten Paul mit seiner schönen Venezianerin. Die Promenadenkonzerte in Versailles besuchen, das jüdische Theater auf Durchreise rechtzeitig wahrnehmen, einen Ausflug nach Giverny in Monets Garten planen, alles das besorgt für uns Mariana.

Alles gelingt euch und nichts bleibt für mich. Was hat das Leben für mich?

Wie meinst du das, Mariana, ist dein Leben nicht voller Schönheit und schöner Ereignisse?

Habe ich eine glückliche Ehe wie Josiane? Oder einen klugen, anschmiegsamen Sohn wie Pascale? Und siehe Paula: alles gelingt diesem Mädchen; wonach sie verlangt, sie bekommt es: eine interessante Arbeit? Sie darf Sendungen im Rundfunk machen; sie will bekannt werden? Immer mehr Bücher entstehen, sie erhält Preise; selbst nach dem Mann der Freundin brauchte sie nur die Hand ausstrecken… wie macht dieses Mädchen das?

Du hast auch Erfolg, Mariana, auf deine Art. Welchen Rat du auch gibst, er trifft; wenn du zwei Menschen miteinander bekannt machst: sie werden Freunde; wenn du Freunde in eine Veranstaltung schickst: sie kommen heim, glücklich.

Ich will das nicht, ich brauche das nicht, ich will endlich etwas für mich: einen alternden Vater wie Florence, ein Reiseleben wie Paul. Ich bin immer hier, immer für alle da, immer fremd, mein ganzes Leben nur im Cinquième, dem Quartier der Fremden.

Wovor hast du Angst, Mariana?

Das ist es: Vor der Leere habe ich Angst, vor der Sinnlosigkeit des Lebens. Jeden Morgen werde ich früher wach und liege länger still in der grauen Helle der Dämmerung. Ich höre die Autos einzeln, die Spätheimkehrenden, auf dem Rund des Denfert-Rocherau. Wozu bin ich auf der Welt? Warum hat mir Gott nur das nicht gegönnt, was ich allein wollte – den Vater, den Mann, den Sohn... warum kann ich den Vater nicht vergessen, mich an meinen Mann nicht halten, warum halte ich den Sohn so fest? Der Vater erschossen, sechs Millionen Juden getötet – mir Verwandte und Freunde alle... und die Zigeuner und Diebe und Huren und Kranken, alle getötet. Diesen Gott gibt es nicht, er ist nicht da, er redet mich nicht an, nicht mich... Lebenswert, lebensunwert, alle tot – und heute ist alles verziehen, die Mörder sind alt und Deutschland ist neu... und stark, stärker als die Sieger; alles ist verziehen, allen geht es gut, meine Freunde haben alles vergessen, wir lieben die Enkel der Täter, ich liebe Kinder wie Ariane. Verziehen, vergessen sind die Morde. Das Böse ist heute anderswo, es weidet und tötet, und wieder werden sie vergessen und vergeben, verplaudern... Ich will diesen Gott nicht, der dieses erschafft, für mich hat er keine Stimme, ich horche da nicht hin, ich habe nichts mehr für mich, keine Liebe, keine Heimat, keinen Feind.

Mariana gab wieder die Annonce vom Tode des Vaters auf. Aber diesmal schrieb sie:

Im Gedenken an unseren geliebten Vater und Ehemann Michel Sauber, der am 11. November 1943 im Widerstand von der französischen Polizei auf offener Straße erschossen wurde. Wir werden ihn nie vergessen.

Nun hat sie es sich eingestanden. Michel Sauber hat auf Zuruf nicht angehalten, er hatte keine Papiere, für die Vichy-Polizei Grund genug zu schießen. Nicht der Feind hat ihn getötet, es waren die Agenten der neuen Heimat.

Alle lachten. Alle standen oder saßen um uns herum, an dem einzigen langen Tisch, sie hörten zu, sie erklärten die Speisekarte, stritten untereinander über die Güte der Gerichte… aber das letzte Wort hatte Cocovi, er war der Mittelpunkt der Tafel, er entschied – Marianas Schüler, der uns in dieses afrikanische Restaurant am Hang des Montmartre ausführte, in dem der Koch einer aus seinem Dorf war. Viele Menschen aus meinem Dorf kenne ich, sagte er, das ist mein Kapital. Denn wir halten zusammen, und er lachte mit breiten Lippen, diese da sind aus dem Nachbardorf, und er zog die Lippen abwärts. Am Ende langer Widerreden und vieler fremder Lautschwalle hatten sie einen großen Flussfisch für uns ausgesucht, mit Gemüse an Hirsebrei, der aber als Weizengriesbreiberg kam. Weißer Vulkantrichter für scharfwürziges Gemüsebuntes. Leben in Afrika. Eintauchen in so ein Leben – mit der Geschwindigkeit, den Rhythmen, den Bräuchen dort. Begreifen. Viele wünschen sich das, erklärte Mariana. Und deshalb ist Cocovis Idee so gut. Cocovi Kulturreisen – ja, Cocovi Allidou möchte sich selbständig machen, ein erfolgreicher Kaufmann werden mit diesem Geschäft. Er bringt Leute – Intellektuelle aus dem Cinquième – in sein Dorf. Und dort leben sie bei seinen Nachbarn in deren Hütten, aufgenommen, beraten, begleitet von seinen Verwandten und Freunden. Cocovi hatte ein Faltblatt entworfen, und während wir weiterredeten und uns ausmalten, wie dieses Geschäft zu verbreitern wäre, und welche Sicherheiten eingebracht werden müssten… verbesserte Mariana den Text des Faltblatts. Geschickt hin und her flog die Spitze des Schreibers, setzte da ein Wort ein und dort einen Satz, gliederte mit Längs- und mit Querstrichen den Text. Cocovi war stolz auf sie.

Nach Trinksprüchen und Adressentausch, Küssen und Versprechen des Wiedersehens sitzen wir wieder in Marianas kleinem Auto zu fünft, fahren abwärts den schwärzlichen Kanal der Straße. Paul fragt, ist nicht hier in der Rue du Coq d'Or statistisch gesehen die höchste Verbrechensdichte von Paris? Josiane sagt, die höchste Todesrate aufgrund von Gewaltverbrechen, warum trauen wir uns hierher, fragt Paul, wir plattfüßigen, ungeschickten Intellektuellen? Weil wir bei Mariana sicher sind, antwortet Florence. Mariana hält den Wagen mit einem Ruck an. Ein Mann springt über den Kühler, wir sehen die helle Innenfläche seiner Hand gegen die Windschutzscheibe gedrückt, hinter uns und an der Seite spüren wir die Bewegung der Gewalt, hohe Geschwindigkeit, starker Schlag, Körper von mehreren, wir starren im Schock geradeaus, wir hölzernen Kegel im Sausewind der platzenden Geräusche. Nur Mariana wendet den Kopf, schätzt ab, ob sie niemanden trifft, und lässt im Rückwärtsgang den Wagen zurückschnellen und aus der

Einbahnstraße heraustaumeln, reißt ihn herum und lenkt ihn in eine hellere – verlassene – Straße. Was war das jetzt genau, fragt Florence, hast du das Gleiche gesehen und gehört? Eine Schießerei! ruft Paul und klingt vergnügt dabei, wir müssen die Polizei rufen, fragt Josiane, nein, antwortet Paul, für die Statistik ist das gleich – noch eine Balgerei dazu oder nicht, noch eine Verfolgungsjagd mehr, es lohnt sich nicht, deshalb später nach Hause zu kommen.

Zu Hause sitzt Mariana mit vorwärts geneigten Schultern. Von einer langen Stange Wurst schneidet sie dünne Scheiben ab, schenkt Wein nach. Weißt du… sagt sie, tu sais – zum wiederholten Mal und lässt wieder ein Schweigen sein. Nach fünf weiteren Zentimetern aufgegessener Wurst beginnt sie zu sprechen. Tu vois… er ist wie eine schwarze Wand, dieser Termin. Dinge, die vorher, in diesen drei Wochen sein sollen, die sehe ich klar. Dinge, die längere Zeit brauchen, verschwinden hinter dieser Barriere; dieses Datum ist eine schwarze Wand. Das Danach kann ich mir nicht vorstellen.

Wie hat man es herausgefunden, Mariana?

Mein Sehfeld ist gestört, da sind diese Wellenlinien, eigentlich nur kleine Verschiebungen, eigentlich könnte ich damit leben, aber der Operateur sagt, es ist ein sehr kleiner Eingriff, Routine, schnell abgetan, eine Präzisionsoperation am Kopf, computergesteuert, eine kleine Rasur im Haar, das ist alles. Dank der Früherkennung. Es ist zwar ein böser Tumor, aber ein winziger… ich habe großes Vertrauen zu diesem Arzt, tu sais. Aber das Datum der Operation ist eine riesige schwarze Wand, vor der alle Planung abbricht.

Mariana lag zehn Tage im Koma. Antonin saß regungslos an jedem Tag an ihrem Bett. Als Mariana erwachte, hatte sie ihr Kurzzeitgedächtnis verloren. Es war zerstört worden, durch eine kleine Ungenauigkeit des Arztes.

Wir sahen Mariana erst drei Monate später. Ihr Haar war nachlässig violettrot gefärbt, das linke Auge hing vergrößert und verschoben in seiner Höhle. Sie hielt ein schwarzes Lederbuch mit beiden Händen, in das sie jede kleine Entscheidung sofort eintrug, nachlesen konnte, so oft, bis das Langzeitgedächtnis bereit war, zu übernehmen. So hat es der Trainer erklärt. Sie lächelte leicht, sah wieder in das Buch und zu uns mit in Tränen schwimmenden Augen.

Der Verlust des Augenblicks ist ein ungeheurer Schmerz für mich. Du suchst einen Gedanken und bist nicht einmal sicher, ob du ihn gehabt hast, da ist nur die Ahnung von einer beglückenden Einsicht, die dir gehört hat, und die jetzt verloren ist… meine ganze Kraft verschwende ich auf die Suche… und dieser Phantomschmerz ist schwer, er ist immer da. Ihr glaubt, weil ich vergesse, habe ich keinen Kummer, aber ich habe einen großen Kummer, weil ich nicht einschätzen kann, wie wichtig das ist, was ich soeben verloren habe. Und ich verliere jeden Augenblick… und ich weiß nicht, ob ich euch das und das schon gesagt habe, ob ich es schon vielfach gedacht habe und sie nur wiederhole, diese Suche… ich weiß nicht, ob ich euch das schon gesagt habe, ob die Verknüpfung besteht – ob ihr es wisst – oder nicht, wisst ihr Freunde, wisst ihr's nicht, ich wiederhole mich immer wieder und frage euch voller Angst. Das Leben vervielfältigt sich durch Wiederholung, wisst ihr Freunde – wisst ihr's nicht, ihr seid so geduldig, mich nicht zu rügen. Und ich habe vergessen, was da Wichtiges war, und ich kann den Gedanken nicht schätzen, denn ich hab' ihn ja verloren – die Zukunft der daraus folgenden Gedanken ist verloren, die Einbindung in die Erinnerung ist unmöglich – da ist eine schmerzhafte Leere, seht ihr Freunde, seht ihr's nicht?

Deine alten Erinnerungen sind da, Mariana.

Was nutzen sie mir, wenn die Tentakeln fehlen, das Jetzt aufzusaugen, einzuspeichern und wieder hervorzubringen. Das jetzt Gelebte zurechtlegen, kann ich nicht, es hineinflechten in die tiefer liegenden Fäden des langgehegten Gedachten, es verknüpfen mit lang gesponnenen Erinnerungsfäden …

Mariana fragt und seufzt, sieht in ihrem Buch nach und erwähnt dies und das. Die Erinnerungen aus der Zeit vor der schwarzen Wand sind fern und fremd. Das war eine andere Frau. Mariana sucht in ihrem Buch nach den nächsten Schritten, was ist geplant? Sie schweigt, sie schaut auf, mit dem unsicheren Blick der ungleich gerichteten Augen. Mariana hier ist eine andere Frau, mild lächelnd, zärtlich und schlicht, vergesslich, sich wiederholend. Sie weint leicht, sie besänftigt sich schnell. Sie vergleicht nicht, es bedroht sie nicht mehr die Angst vor der Sinnlosigkeit. Ratlos tappt sie im Nebel der soeben vergessenen Ereignisse.

Mariana findet und behält das eine oder das andere, Griffstangen im Weißen, daran kann sie sich festhalten, das Geschehene aufschreiben, nachlesen.

Maurice kommt. Maurice, der jüdische Philosophieprofessor, der an der Zehnten Universität über verschollenes jüdisches Leben in Afrika forscht. Maurice, der sie zum Jazzkonzert mitnimmt, weil Jazz seine Liebe ist. Der sie umsichtig belehrt und erinnert. Maurice, selber ein alternder, vergesslicher, vorsichtiger Mann, führt vorsichtig Mariana. Hüllt sie ein mit der Zuversicht seiner Ratschläge. Ich werde dir morgen sagen, Mariana, was du heute vergessen hast.

Ein neuer Tumor ist erschienen. Ein anderer Operateur soll es diesmal sein, darauf besteht Antonin. Ein neuer Termin wird festgelegt, für einen neuen Eingriff ins Hirn, einen Zugriff auf das Gehege der Erinnerungen von Glück und Wärme, Wertschätzung und Verzweiflung. Diesmal ist keine schwarze Wand da, nur ein milder Nebel der kommenden Ereignisse, Mariana vergisst, daran zu denken, immer öfter, Mariana mit leisem Schmerz – hat vergessen, was das war, das sie so sehr fürchten sollte …

Requiem für Ottilie Thiel

Den goldenen Engel wollte ich stehlen… Während die Leute redeten – zuerst begrüßte die Unternehmerin, dann erläuterte der Ingenieur, schließlich stellte der europäische Vertreter Fragen – während die Leute um die neue umweltfreundliche Maschine standen und zuhörten, hatte ich unter fünf goldenen Engeln, die vom Weihnachtsbaum baumelten, den schönsten abgeschätzt. Aus einem leichten plastischen Material gemacht, schwebte er, die Flügel und die Hände seitlich spreizend… aber als die Veranstaltung zu Ende war, und alle zum vorbereiteten Buffet strömten, dachte ich, dass es leichter war, drei Tage vor Weihnachten den Engel als Geschenk zu verlangen. Sehr geehrte Frau, sagte ich zur Unternehmerin, ich werde jetzt meine kranke Haushälterin in einem Krankenhaus in der Nähe besuchen – und wie das so ist mit uns hoch berufstätigen Frauen, ich hatte keine Zeit, etwas zu besorgen – aber würden Sie mir diesen Engel hier geben? Für ihr Krankenbett?

Als ich vor Ottilies Bett stand, war sie im Dämmerschlaf. Vom Galgen über ihrem Kopf baumelte ein Weihnachtsmann, der auf einem Schaukelbrettchen saß, ein Fünf-Mark-Geschenk für Kinder vom vorigen Jahr, ich hatte ihn Frau Thiel zu ihrem Weihnachtsgeld dazugelegt. Konnte ihr Sohn nichts Besseres unter ihren Sachen finden? Aber immerhin – der Stoffknirps lachte, und ich befestigte den goldenen Engel neben ihm, die beiden Figuren passten überhaupt nicht zusammen.

Frau Thiel hatte mich vor Jahren erwählt. Sie kam in mein Büro wie immer, um den Papierkorb hinauszutragen und mit einem desinfiziert riechenden Lappen über die Tischkante zu wischen. Sie blieb stehen und sah mich an, sie war sehr klein, der Plastikeimer verdeckte sie halb, im Stehen war sie kaum größer als ich im Sitzen auf meinem Chefdrehstuhl. »Ich höre jetzt auf«, sagte sie. »Feierabend?« »Nein. Diese Hagemeisterfirma will mich woanders einsetzen, wohin ich aber nicht will. Alle zwei Jahre Versetzung, ich habe die Nase plein. Sie brauchen sicher eine Putzfrau, eine Hausfrau, ich sage Ihnen was, Sie zahlen mir für zwei Tage, und ich arbeite so lange und so viel ich will. In meiner Geschwindigkeit. Weil ich brauche meine Freiheit. Und meine Ordnung. Weil ich bringe Grund in die Dinge.« Von da ab war Ottilie täglich bei uns außer Samstag und Sonntag. Die Küche leuchtete, der Boden glänzte. Sie beherrschte uns, sie entschied. Was würden die großen Herren um mich herum, die Vorstände, Staatssekretäre, Geschäftsführer und Bereichsleiter nicht alles von ihr lernen, vorausgesetzt sie hätten einen Blick für sie. Sie wusste, was die wichtigste Stelle war, die herausgeputzt werden sollte, sie hielt Rat mit ihren früheren Kolleginnen, was die besten Mittel seien und legte Vorräte an. Sie arbeitete folgerichtig, gleichmäßig, sie dirigierte uns mit kleinen Gesten, denn sie hatte uns erklärt, was wir zu tun hatten und warum, sodass wir einsichtig waren. Wenn wir fortfuhren, wühlte sie die gesamte Wohnung auf und pflügte sie um. Dann errichtete sie die Umstände unseres täglichen Lebens neu. Einmal kamen wir unerwartet heim – und so fanden wir sie im Chaos ihrer Gründlichkeit: Alle glanzbedürftigen Dinge waren abgeschraubt, umgestülpt, auseinandergeschichtet, aufgeschlagen um sie herum. Sie selbst schlief auf dem noch nicht zerlegten Sofa.

Ottilie Thiel beherrschte die Dinge. Sie griff auf die Sekunde und auf den Punkt genau zu wie eine Trapezfliegerin, die hoch durch die himmelblaue Kuppel schwingt und rechtzeitig den Holm fasst, sich wendet und nach blitzschneller Drehung gegen den Arm des Fängers klatscht. Ottilie war Trapezfliegerin; in jungen Jahren tingelte sie durch die Städte und Dörfer Baden-Württembergs. Nach dem Krieg liefen Zirkus und Varieté gut, sagte sie, die Leute hatten Sehnsucht nach Poesie und nach Unterhaltung, dafür zahlten sie zuallererst. Aber später – nach der Währungsreform – kamen größere Gruppen mit bunteren Zirkuszelten, und Ottilie ergriff andere Berufe, die ihr über die Armut hinwegschweben halfen. Sie wurde Händlerin, Standlerin, verlor den Mann, verlor Geld, zog nach Berlin, zerstritt sich mit dem Sohn.

Warum, fragten wir, hat Ottilie so viele verschiedene Dinge angefangen? Immer wieder neu? Immer wieder mit neuem Talent? »Weil ich meine Freiheit brauchte. Und meine Ordnung. Und immer wieder gab es welche, die hatten das, was ich konnte, von der Pike auf gelernt. Die hatten dazu einen Ausweis, und so zog ich denn weiter.«

Sie stammte aus Ostpreußen, und hart rollte ihr R. Über die Erlebnisse auf dem langen Treck aus ihrer Heimat schwieg sie. Keine Bilder. Keine Geschichten aus der Winternacht. Keine Nacherzählung des Traums. Ottilie Thiel hatte um ihre Empfindlichkeit einen Panzer aus Willensstärke wachsen lassen. Nur einmal habe ich ihn aus Unachtsamkeit durchbrochen, bin zwischen die Fugen der Abwehrplatten auf das Seelenfleisch gestoßen; bloß war es, zuckte sofort im Schmerz, ertrug nicht den kleinsten Gegendruck. Ich kannte jetzt die heikle Stelle in ihrem Schutzgerüst und habe sie immer vermieden. Hart und dürr war Ottilie, hart stand ihr Knochengerüst aus dem mageren Körper. Die letzten Wochen war sie zu Haus geblieben, wollte ihre Wohnung aufräumen, sie neu herrichten, sich erholen, nicht kommen. Ich ging sie suchen. Vor der Tür traf ich die Fürsorgerin. »Wir haben sie in die Klinik bringen müssen«, sagte sie, »seltsam, dass sie in so viel Unrat und Schmutz lebte. Haben Sie das gewusst?« In der Wohnung lag Staub fingerdick, dazwischen rollten Ballen schmutziger Wäsche, die hatte sie mitgebracht, um sie ins Waschhaus zu tragen. Der Staub kam von der Schüttung. Sie hatte den Teppich, das Linoleum und die Dielen herausgerissen und kreuz und quer gestapelt. Sie hatte eine Baustelle aus ihrer Puppenstube gemacht, um sie völlig neu wieder einzurichten und von Grund auf sauber zu haben. Nur war sie im Chaos der Neuordnung abgeholt worden – mitten im unordentlichsten Zustand ihres Lebens.

Ottilie liegt mit matten Augen unbeweglich. Ich gehe um ihr Bett herum und rede, weil es vom Weinen abhält, und rede und rede, mit dunkler Stimme, und immer wieder schleift ein Ton im Schlamm des Halses und klingt matt – gute Nacht, Frau Thiel, alles Gute, Frau Thiel, gute Reise, Frau Thiel … Ich hatte es vorhergespürt, Ottilie Thiel starb noch in dieser Nacht.

www.drava.at